大家小书

# 《红楼梦》的艺术生命

吴组缃 著　王叔晖 图　刘勇强 编

北京出版集团公司
北京出版社

**图书在版编目（CIP）数据**

《红楼梦》的艺术生命 / 吴组缃著；王叔晖插图；刘勇强编 . — 北京：北京出版社，2020.1（2024.8 重印）
（大家小书）
ISBN 978-7-200-15182-4

Ⅰ. ①红… Ⅱ. ①吴… ②王… ③刘… Ⅲ. ①《红楼梦》研究 Ⅳ. ① I207.411

中国版本图书馆 CIP 数据核字（2019）第 245690 号

总 策 划：安 东 高立志　　责任编辑：高立志 陈霄元

· 大家小书 ·
《红楼梦》的艺术生命
《HONGLOUMENG》DE YISHU SHENGMING
吴组缃 著；王叔晖 图；刘勇强 编

出　　版　北京出版集团公司
　　　　　北京出版社
地　　址　北京北三环中路 6 号
邮　　编　100120
网　　址　www.bph.com.cn
总 发 行　北京出版集团公司
印　　刷　北京华联印刷有限公司
经　　销　新华书店
开　　本　880 毫米 × 1230 毫米　1/32
印　　张　9.5
字　　数　148 千字
版　　次　2020 年 1 月第 1 版
印　　次　2024 年 8 月第 4 次印刷
书　　号　ISBN 978-7-200-15182-4
定　　价　56.00 元

如有印装质量问题，由本社负责调换
质量监督电话　010-58572393

# 总　　序

袁行霈

“大家小书”，是一个很俏皮的名称。此所谓“大家”，包括两方面的含义：一、书的作者是大家；二、书是写给大家看的，是大家的读物。所谓“小书”者，只是就其篇幅而言，篇幅显得小一些罢了。若论学术性则不但不轻，有些倒是相当重。其实，篇幅大小也是相对的，一部书十万字，在今天的印刷条件下，似乎算小书，若在老子、孔子的时代，又何尝就小呢？

编辑这套丛书，有一个用意就是节省读者的时间，让读者在较短的时间内获得较多的知识。在信息爆炸的时代，人们要学的东西太多了。补习，遂成为经常的需要。如果不善于补习，东抓一把，西抓一把，今天补这，明天补那，效果未必很好。如果把读书当成吃补药，还会失去读书时应有的那份从容和快乐。这套丛书每本的篇幅都小，读者即使细细地阅读慢慢地体味，也花不了多少时间，可以充分享受读书的乐趣。如果把它们当成补药来吃也行，剂量小，吃起来方便，消化起来也容易。

我们还有一个用意，就是想做一点文化积累的工作。把那些经过时间考验的、读者认同的著作，搜集到一起印刷出版，使之不至于泯没。有些书曾经畅销一时，但现在已经不容易得到；有些书当时或许没有引起很多人注意，但时间证明它们价值不菲。这两类书都需要挖掘出来，让它们重现光芒。科技类的图书偏重实用，一过时就不会有太多读者了，除了研究科技史的人还要用到之外。人文科学则不然，有许多书是常读常新的。然而，这套丛书也不都是旧书的重版，我们也想请一些著名的学者新写一些学术性和普及性兼备的小书，以满足读者日益增长的需求。

“大家小书”的开本不大，读者可以揣进衣兜里，随时随地掏出来读上几页。在路边等人的时候，在排队买戏票的时候，在车上、在公园里，都可以读。这样的读者多了，会为社会增添一些文化的色彩和学习的气氛，岂不是一件好事吗？

“大家小书”出版在即，出版社同志命我撰序说明原委。既然这套丛书标示书之小，序言当然也应以短小为宜。该说的都说了，就此搁笔吧。

# 《红楼梦》的“吴组缃读法”

刘勇强

对“红学”的划分，有所谓评点派、索隐派，旧红学、新红学等等，但这似乎只代表了每个红学家们的基本路数，不足以揭示他们各自的特点。其实，即使理论方法较为接近的研究者，具体见解也可能有很大差别。比如上个世纪50年代，吴组缃先生与何其芳先生同在北京大学开设《红楼梦》课程，观点有别，如同唱对台戏，颇为一些前辈学者津津乐道。他们最大的分歧在于：何其芳认为宝钗是标准的“封建淑女”；而吴先生却认为薛宝钗工于心计，城府很深，有很明显的市侩习气，算不得“淑女”，作者对她也有讽刺的意味。

对于自己与何其芳先生的分歧，吴先生曾解释说，何其芳是诗人，习惯用抒情性的、理想化的眼光看世界，把人都看得那么单纯、那么好；而自己是小说家，小说家的眼光往往是剖析的、批判的，所以会把人看得很坏。就宝钗的人品而言，自是见仁见智的。而吴先生的诛心之论却是从丰富的生活体验出发，着眼于人物的基本性格所反映出的社会本质。尽管读者不一定完全认同他的观点，但在他入木三分的剖析中，我们可以看出，古代小说之于吴先生，不是呆板的叙述、空洞的描写，而是活生生的社会现实。更为可贵的是，吴先生这种从生活出发的研究，并没有停留在经验性的感想层面，而往往能通过缜密的思考，将深切的体会提升到理论的高度，进而得出具有普遍意义的结论。

至少对一部大家都耳熟能详的小说经典来说，在情节、人物方面具体见解的差别以及何以会造成这种差别，可能更值得我们关注。虽然这种差别也许并不构成某种所谓“范式”，但独特的视角、新颖的分析、别致的论述，同样具有方法上的意义——明清小说评点家喜欢在评点一部小说前，针对这一小说的特殊性写一篇“读法”，如金圣叹的《读第五才子书法》、毛宗岗的《读三国志法》、张竹坡的《金瓶梅读法》、张新之的《红楼梦读法》、刘一明的《西游原旨读法》，等等。这些“读法论”揭示某一小说的特点，反映评点者的眼光，与具体评点相互补充、生发，对阅读产生了重要的引导作用。所以，我愿意将吴先生在《红楼梦》研究中的独特视角与发现，称之为“吴组缃读法”。

“吴组缃读法”有哪些要点呢?

首先，吴先生一向重视文学反映时代与社会的使命意识，强调小说的历史感与现实针对性。吴先生晚年在一篇文章中说：“我们搞古代文学研究的人，要是缺乏时代的敏感，缺乏有血有肉的历史知识，就得不出正确的结论。”在他看来，古代小说的历史感与现实针对性，绝不仅仅是一种逝去的历史风景，其中还可能包含着与当代的社会生活密切相关的思想启示。吴先生对《金瓶梅》《红楼梦》等小说的评论即是如此，他认为西门庆是一个市侩的典型，宝钗身上也有市侩气。这种“利之所在，无所不为”的市侩气，正是吴先生对中国社会特性的一种认识。

众所周知，受马克思历史唯物主义和反映论的影响，强调文学的社会价值成为了上个世纪中期以来的主流观念，它极大地提升了人们对文学作品的意义与功能的认识，但也一度出现了一些机械的、简单化的倾向。在这样的理论背景下，怎样坚持正确的思想观念，反对教条主义和形而上学的思维方式，对于正在建立中的新的文学史学科乃至对《红楼梦》研究，都是一个理论性、实践性兼而有之的课题。而吴先生既受过系统的学术训练，又有高超的创作经验，恰是他能将丰富的生活阅历、敏锐的文学感悟及睿智的理论思辨结合起来，从而在这一学科建设过程中，阐述不同流俗学术见解的前提。

其次，吴先生特别重视通过人物分析把握作品的现实意义。早在1941年写的《如何创作小说中的人物》一文中，他就声明“我看小说，喜欢看人物”，认为没有写出人物，就不称其为小说。因此，吴先生在揭示小说的读法和研究的重点时，也在人物及关系上大做文章。例如，针对《红楼梦》的研究，他主张：

> 因此，我们研究《红楼梦》这样一部伟大的古典现实主义作品的内容，正应该从人物形象的研究着手。研究众多人物主次从属的关系，研究众多人物形象的特征，研究众多人物在矛盾斗争中的地位和彼此间的关系，研究人物性格的形成和发展，研究作者在处理上所表现的态度或爱憎感情等等。只有这样的来作研究，才能了解作品的思想内容和他所反映的现实意义。

实际上，人物论在20世纪中期的小说研究中是一个热门，其间多有高见，也存在不少不科学或者说违反艺术规律的现象。吴先生认为一些人物论把小说中的人物等同于历史人物，孤立地讨论人物的是非、善恶，忽视了人物作为艺术形象的属性。而我们应该注意的是作者的态度、注意作者是怎样描写这个人物的，他要通过这个人物表达什么。如果我们把艺术形象当成历史人物，就将问题简单化了。以《红楼梦》为例，作者主观态度对所有女孩子都是同情的，将她们都列入了“薄命司”。但在具体描写时，对不同的人又根据她们不同的思想性格特点作不同的对待，晴雯与袭人性格与命运的不同就是明显的例证。

在人物解读方面，吴先生的《论贾宝玉典型形象》被推为“通过分析人物形象阐发《红楼梦》的思想内容和解剖作者创作思想的拔萃之作”。在这篇论文中，吴先生从多方面对人物的性格及促成其形成的环境做了认真的考察，在情节的整体关联中揭示出人物性格发展变化的轨迹，又用人物性格的变化印证了作品情节的丰富内涵，有很强的示范性。

第三，由于吴先生从事过小说创作，深谙艺术规律，所以，他分析古代小说往往具有一种作家的艺术敏感，能揭示出人物安排、情节设置、细节描写的深隐内涵与艺术魅力。吴先生另一篇堪称典范的论文《谈〈红楼梦〉里几个陪衬人物的安排》就是以艺术创作的眼光来讨论小说中人物的设置与描写的。他在文章的开篇就说：

> 写小说，在有了内容之后，下笔之前，得先布局。像画画，先勾个底子；像造房子，先打个蓝图。这时候，首先面临的就是人物的安排问题。比如，把哪些人物摆在主要的、中心的地位；怎样裁度增减去留、调配先后轻重，使其鲜明而又深厚地显示内在的特征和意义；从而充分地、有力地、并且引人入胜地表达出内容思想来。

基于这样的认识，吴先生指出，《红楼梦》开篇不是写贾、林、薛三个中心人物，而是写的甄士隐和贾雨村，他们在开头的出场引出了笼罩全书的主题思想，是为准备开展悲剧故事而安排的两个人物，又进而对冷子兴、刘姥姥在小说中的细部描写与全局性作用作了精彩的分析，不但对我们认识作品思想底蕴大有启发，对学习作品的艺术手法，运用到今天的创作中来也是不无教益的。

“吴组缃读法”是建立在新的文艺观念与理论基础上的，因而具有更高的指导意义。在《红楼梦》研究中，有的研究者曾习惯从书中摘取一些枝节的事项和细节来论断作品反映了怎样的思想，提出了怎样的问题，如例举大观园一顿酒饭花了多少银子，以证明贾府生活的奢侈之类。针对这些评论，吴先生指出：“若是一部《红楼梦》只提供了这样一些干瘪的事实和数字，那它有什么价值？作为死的历史资料看，许多文献尽有更为翔实、更为精确的记载，《红楼梦》和一切文学作品都远不能及。《红楼梦》的伟大与不朽之处，是在它以无比丰富的活生生的艺术形象，真实地反映了社会和历史的内容；在这一点上，任何历史记载都不能和它比拟。”他主张联系作者的思想和对现实生活的提炼和概括，联系作品的整体构思来谈人物的塑造。他还作了一个形象的比喻说：“我们若把人的鼻子从脸上揪下来，单独拿在手里，讨论这是不是个好鼻子，应不应该在上面戴副近视眼镜等等，这样的讨论自然没什么道理。”

总之，在吴先生看来，小说的情节、人物是一个整体，作品的思想内容与艺术表现形式、技巧也是不能分割的，而他对小说艺术特点的分析也不同于一般的鉴赏，常能将感悟与思辨融为一体，既避免了立论的空疏、抽象，又摆脱了对文学作品隔靴搔痒的公式化评论。

值得一提的是，吴先生的上述思想与学术实践大多是在上个世纪中期那一特定的社会环境下提出的。在这之后的二十多年里，吴先生所说的那种阉割艺术生命、抹杀文学特点的研究却在中国学术界大行其道，这既是一个遗憾，也更让人对吴先生的敏锐由衷地敬佩。就是在今天，研究方法日新月异，特别是一些形式化研究颇为流行之时，牢记吴先生所揭示的艺术是活生生的这一基本前提，仍有着极为重要的意义。

若从“红学”史上看，“吴组缃读法”的意义，概而言之，则有以下几点最为突出：

其一是对清代评点派的超越。吴先生虽然也如清代评点派一样，重视人物评论，但他的评论超越了后者的基本立场与琐屑方式。如前述吴、何之别，看上去延续了评点派热衷的“钗黛之争”，不过，就吴先生的看法而言，已不是基于传统婚姻观念与处世哲学在钗黛之间的简单抑扬取舍，而是将人物置于更广阔的社会发展中的考察。与此相关，他还将对钗黛等形象的认识作为把握全书思想意义的一个关键点。

其二是对新旧红学的超越。吴先生对《红楼梦》的看法，固然承接新红学的影响，摆脱了旧红学索隐派的束缚，但同样也没有受新红学的局限。新红学由版本和曹雪芹家世研究，推及文本研究，往往过于强调曹家故实与《红楼梦》的关系，吴先生则既吸收了新红学在这方面的成绩，对程本又不是简单否定，而是在指出脂本、程本差别的基础上，同时肯定程本的价值。同时，他对《红楼梦》思想意义的分析，更是不拘泥于曹雪芹个人的经历，而是努力分析和挖掘作品客观呈现的社会现实及其底蕴。

其三是对庸俗社会学和机械反映论的超越。吴先生重视《红楼梦》作为小说的艺术特点，将思想考察与艺术分析结合在一起。他提醒人们：“凡是阉割了艺术生命，抹杀了文学作品的特点，那方法都是错误的。所以，在评论一个艺术形象时，一定要从作品的整体、从全部关联上看其所处的位置、所显示的意义和所起的作用。”

其四是对红学研究自身局限的超越。随着红学的深入，其内在的学理有固化的倾向，一些红学家有时不自觉地对《红楼梦》作孤立的研究，而吴先生始终将其放在中国文化的大背景下加以探讨，特别是他将《红楼梦》在当代的传播，视为新文化的一部分，我以为是一个极为重要的观点。

正因为如此，“吴组缃读法”无论对研究者，还是对读者，至今都仍有重要的参考价值。本文则非敢充序，聊作读后感而已。

2018年11月11日

吴组缃像

# 目 录



**附录**

吴组缃在书房

# 怎样读《红楼梦》

——1988年6月8日在苏州铁道师院中文系的演讲

由于很偶然的原因，我有机会来苏州这座文化名城同大家见面，觉得非常高兴，贵院及中文系领导要我谈一谈怎样读《红楼梦》，这个题目对我十分合适。因为我和在座各位一样，都是《红楼梦》的热心读者，当然也只是一名普通读者，谈不上有什么高深的研究，不过，我有些失败的教训可谈出来供大家借鉴。

《红楼梦》我在少年时代就读过。它不同于一般的小说，读一两遍就全知道了，没有更多的咀嚼头。《红楼梦》则不同。随着自己年龄的增长、生活经验和社会阅历的日益丰富，每次读都有不同的感受、不同的认识，所以，它可以百读不厌，使人总有新鲜感。

1954年，在我四五十岁时，文艺界批评俞平伯先生的《红楼梦研究》，后来扩大成一场批判运动。运动至尾声时，朱德讲过这样的话："你们都说人家讲得不好，那么你们自己讲一讲。"于是让北京大学开一门课叫"《红楼梦》研究"，由于当时我在北大教授中国文学史课，讲宋元明清阶段。所以，我承接了讲授"《红楼梦》研究"的任务，那时我就把自己不成功的经验告诉学生："《红楼梦》必须读三遍，只有读三遍，你才能看懂一些。"不料这句话一说，每次批评运动都把我拽出来批一通。那些人认为《红楼梦》是黄色小说，贾宝玉是"坏分子"，认为我让青年读三遍《红楼梦》是犯了方向性错误。后来毛主席老人家发表了一个言论："《红楼梦》必须读五遍。"比我的要求还要多出两遍，这才救了我，以后再没人批我了。我讲这个情况并非说笑话，当时由于一些人幼稚，委实弄出现在看来很滑稽的事。

在我准备讲《红楼梦》时，再仔细读，确实感到过去没有体会到许多内容，感到原先读只是了解了个表面，很简单，很肤浅，没有深入进去。所以，我体会到，要紧的一条就是先要相信作者曹雪芹在书中说出的意见，发表的议论，但又不可偏信、全信。

就拿薛家来说，是个皇商家庭，"本是书香继世之家，且有百万之富，现领着内帑钱粮，采办杂料"，专为皇室宫廷采购各种物品，可以无限制地从宫里领钱，从中营私以饱私囊。故而薛家比一般商人家庭势力大，也更富有。“丰年好大雪，珍珠如土金如铁”，可谓豪富之至。薛家在全国各大城市都开有铺子，北京城也不例外，而且在北京还有大量私房，自家房舍好多处。尽管如此富奢，但毕竟是皇商之家，商人在封建社会的地位是很低的，薛家在政治上无权无势，没有稳妥的靠山，因而当“呆霸王”薛蟠为争买一个拐子手中的婢女——香菱，悍然将另一买主冯渊打死时，薛家立刻感到：如果不找到一个势力很大的亲戚朋友作依靠出面保护，一时将很难逍遥法外。封建社会，在维护统治阶级根本利益的前提下还是有法可依的，虽有“刑不上大夫”之说，可薛家并无在仕途宦海中青云直上的人物，如得不到权势羽翼的庇护，对薛蟠来讲，杀人偿命大有可能，何况薛家还只是个皇商家族呢！薛家深知这一点。另外，呆在南京城，老百姓对薛家出来人命案之事的舆论于薛家不利。所以，薛家事先就派十几个仆人在北京收拾整修房舍，然后准备离开南京，避人耳目，落个溜之大吉。这里需指出一下，《红楼梦》里大的空间地点忽而在北京，忽而在南京或其他地方，读者不必详查追究，作者是为了避讳。书中之事并非真正发生在哪个城市，年代也无考，到底发生在哪个朝代，你猜不清楚，最好别去管这些。初读《红楼梦》就陷进考据的樊篱，是不利于很好地把握它、鉴赏它、理解它的。电视剧《红楼梦》中，服装道具相对来说比较随便，观众不能用哪一个具体朝代的衣着来苛求舞台上的服装，艺术设计并不要求像生活那样真实。

皇商家庭比一般商人阔，也较有势力，不然，薛蟠也不至于那么飞扬跋扈、气焰嚣张的，但是与一般商人毕竟无本质差别。在封建社会，商人素来为士大夫阶层所不齿。因为商人唯利是图，为富不仁。所以《论语》上说："君子喻于义，小人喻于利。"重"义"轻"利"的思想作为一种历史积淀一直承传下来，在人们头脑中根深蒂固，商人的地位在社会中难以得到很高的认可。其实这种思想同中国封建社会的小农经济自给自足的自然经济有着千丝万缕的联系。小农经济一直占据主导地位，小农意识"万事不求人"。躬耕陇亩，种麻养蚕，纺绸织布，全由生产者个体单独进行。小农经济反映到家庭中就是一切由家长统治支配，祖父、父亲、长子说了算；反映到政治上就是封建专制，形成君臣、父子等严格的封建伦理道德规范，约束着人们的言行。那时择媳只要家长满意即可，全然无视子女的意愿。父母之命，媒妁之言订终身。就贾宝玉而言，尽管他坚持自己的选择，可娶谁做妻子的权力却完全操纵在贾母、贾政等人手里。

再说封建社会基础是小农经济，在小农经济时代最看不起商人。农业为本，商业为末。经商乃本末倒置，舍本逐末。中国封建社会长期以来一直重农轻商，重农抑商。然而，到封建社会后期，虽然小农经济占主导地位，商品经济还是在许多地方萌生，成长起来，压抑不住。尤其在我国东南江浙一带，水运发达，交通方便，人们心灵手巧，制作多种工艺品。在这些方面主要不是自足，满足自身消费需要，他们将这些货物运到外地出卖，这样就产生了商品。明代时，松江府常云集着各地来此买花布的商人。到明代中叶，商品经济就自行发展起来。可是，整个封建社会还是以小农经济为主体，政治上还是封建专制的中央集权制。打个不恰当的比喻，商品经济就像刚刚形成的胎儿，尚未脱离封建经济的母体，母亲只是感到了这个活体生命的蠕动。这就是《红楼梦》所反映的封建社会的经济态势。它所表现的社会生活正是处在这样的经济背景之下的。知道这些历史知识和经济知识，对我们读懂《红楼梦》，深入地理解它，无疑是大有帮助的。

有了对那时政治、经济情况的大致了解，我们再回头谈薛家，前面已讲过薛家腰缠万贯，比一般商人家有势力，可薛家毕竟不属于封建士大夫阶层，比起豪门贵族，比起荣、宁二府，无论门第还是地位，差得很远。薛家有“华”有富，但缺乏“贵”缺乏“荣”。所以，这次薛蟠出了人命关天的案子，马上就感觉到自家理亏，多少有些诚惶诚恐。心神未定之余，想到该依靠一个有权有势的亲戚，所以就必须赶快进京。作者在作品中讲到薛家进京有四个原因：其一是送宝钗进京候选宫女。其二是整顿商务。薛家自从宝钗父亲过世后，就剩下孤儿寡母共三人。这个皇商家庭已走向没落，而且政治势力弱，出了人命案，使他们坐卧不宁，急于找到权势的保护以开脱罪责。当时又想不出良策佳计，于是别无选择，送女儿到宫廷候选宫女，可望攀附上皇亲国戚，并且，家道中落，无人主持料理家中日常事务，薛家在各地开的铺子常被其经纪人窃为己有，所以第二个原因——去整顿商务也是合乎情理的，这都是书中明写的事实。第三个原因是去探亲。北京城里节度使王子腾家是薛姨妈娘家。这样，他们可以在王家避一避。第四个原因就是去北京观光上国风光。

前面我已讲过，读《红楼梦》需要一些生活知识、历史知识，随着年龄增长，阅历见识的丰富，对它的认识和理解也会逐渐加深。比方说，对上面讲的第一个原因——宝钗进京候选宫女一事，不知你们读到这里有什么感想，我最初看到这里时也没什么感受，以后年纪大了些，才晓得曹雪芹写了这么一笔是贬抑薛家。为了追求势力，不顾女儿幸福，竟主动送女去候选宫女，使人看到薛家家庭内部人情关系是如此冷酷。在封建社会，宫女生活是悲苦不堪，青春少女一旦入宫，一生就等于葬送在那暗无天日的高墙之内，受宠得幸者寥若晨星。杜牧《阿房宫赋》中说："有不得见者三十六年。"所以，每到选宫女时，家家户户赶忙将女儿嫁出，哪怕是嫁给比女儿大几十岁的老头，也不愿让女儿进宫受罪。《聊斋志异》中的《刘夫人》《窦氏》都是写皇上选宫女在民间造成的冲击和引起不安的反响。京剧中有出戏叫《拉郎配》，说的就是许多人家担心女儿被选入宫，于是随便拉个男子来成婚相配。请看，贾府内被封贵妃的元春，也竟公然埋怨父母当初不该把她送入那牢狱一般的"见不得人的去处"。可见，没有一个善良人家愿打这种主意，只有那些势利眼，像薛家这种唯利是图，对权势趋之若鹜的皇商家庭才会做出这无情无义之举。这样一对比，曹雪芹不动声色、平心静气地一笔叙述，就把薛家的势利贬抑至极。畏罪而逃，为找靠山，送女入宫的打算不能不说是一个很好的脱身之计。这些方面，大家在读《红楼梦》时就不能流于表面，而要充分地运用所能掌握的生活知识来理解某些细节，可以得到更进一层的感受。我常看到有些《红楼梦》专家喜欢去考证《红楼梦》，甚至考证宝钗究竟是否候选。是没有去还是未考取，洋洋洒洒，长篇大论。在我看来，这没什么价值，没多大意义（我并无恶意诽谤人）。因为考证家们不了解，曹雪芹写这笔，是写薛家，虚晃一枪。薛蟠打死人命，想一走了之，恐怕没那么容易。有舆论压力，说不定还会有几位志士伸张正义。苏州的“五人墓”，不就是说发生百姓打死太监的义愤之事吗？所以薛家扬言送女进宫候选宫女是为了造个声势，把舆论压下去。这样，薛家入京也就名正言顺了。曹雪芹所讲的四个原因，我们透过表面仔细分析，可看出那是四个主意，四条计策。这四个主意是谁出的？薛蟠不可能，他是个花花太岁，“弄性尚气”，挥霍无度，斗鸡走狗，吃喝玩乐之徒——一句话，是个只会胡闹的“呆霸王”。薛姨妈倒是老于世故，很有社会经验，但是读者再开动脑筋想想，就会明白，最能出这些良策的只有薛宝钗。她受过良好教育，受过封建礼教的熏陶，城府很深，极有心机，博学多才，比其母更高明一筹，薛家许多大事常由她处理。因此，主意只能是她谋划的。对这些，作者却未直接说明，只是作了简单客观的描叙。由此我想到古人的不少言论对理解《红楼梦》很有指导意义。

孔子认为，全面分析评价一个人，须听其言而察其行。对《红楼梦》的理解，先要看作者讲些什么，而更重要的是要考察人物在具体情节场面中的行动。《红楼梦》中作者的直接言论、看法，常常同他在作品的具体环境描写中表现出的事实不符甚至矛盾。所以，读作品时，不应一味对作者意见信以为真。

《红楼梦》中曾写到薛家在京城有好几所宅舍。可是进京后却未住进自家房中，会使人觉得十分蹊跷。另外，薛姨妈娘家王子腾家也在北京，他们也未搬去，却住进贾府。王夫人与薛姨妈只是姐妹关系而已，王夫人是宝钗的姨娘，在封建社会，这只是外亲。而他们却想在贾府久居，先被安排在梨香院，后来梨香院住上了贾府从苏州买来的十二个戏子，贾家把他们从梨香院赶出来，这是很不客气的。戏子地位比奴隶还低下，却能住进梨香院，而薛家反倒不得允许，按照常情，母子三人或回娘家或住进自家房中不是很好吗？但他们赖在贾家不走，搬到东北角的小房子里住下。同学们读《红楼梦》就要看这些具体描写，暂不要太多地关注曹雪芹说了些什么，把这些具体描写看完再与曹雪芹所讲对照起来，就会自然明白的。曹雪芹在书中为薛家搬入贾府陈述了许多理由。什么薛蟠在姨妈家，教子有方的贾政可以管约他；什么与姊妹兄弟们在一起，也可使他变好，以免纵性惹祸。可在第四回的具体描写中又说，薛蟠被“引诱得比当日更坏了十倍”，转弯抹角兜圈子，一句话就把它的理由否定了。那么，薛家住进贾府的真正目的何在？其实很简单，薛宝钗是薛家灵魂，迫于当时情势，她不但不能进宫，且不能出嫁，更不能嫁到远处。不然，她一旦离开这个家庭，那么薛家很快就会崩溃。薛宝钗为这个皇商家庭着想，权衡再三，觉得最好的办法是住进姨妈家，贾府世代为官，权势显赫，十分富有，而贾府的命根是贾宝玉，他是贾家的希望之光，是贾府唯一的“接班人”。所以，宝钗进贾府就是盯上了宝玉，盯上了宝二奶奶的宝座，要把宝玉拉到自己身边来，于是以后引出与林黛玉“情场角逐”的许多纷争。

下面我分析一下贾家的当时情况（这里需要一些生活知识和历史知识），贾家是妇女当权。不论曹雪芹怎样辩护，贾政实际上根本无治家之才；贾赦既无权，也不招母亲喜欢；至于贾琏、贾珍之流，都是淫魔色鬼，无耻之徒，平庸之辈。这样，贾家不得不由妇女持家。一个是最高思想统治者——贾母，另一个是总理全家具体事务的王熙凤。妇女当权，在今天，同学们都不以为意，如果联系一些历史知识和生活经验来看，封建社会，家庭到了女人掌权的地步，那是衰败之象。《尚书》中有“牝鸡司晨，惟家之索”。母鸡打鸣，乃不祥之兆，预示着家庭的衰败，在我们日常生活中，也有这种心理。封建社会男尊女卑，妇女的地位类似奴隶，可贾家的反常，预示着贾府大厦行将倾覆。

薛宝钗进贾府，欲把宝玉从黛玉身边夺过来，这项任务非常艰难，不费一番工夫是不可能的。因为黛玉比她入贾府早，是贾母的亲外孙女，且与宝玉两小无猜，同吃同住，一起长大，加之在封建社会，女孩子却是“待字闺中”，必须在家中等人家求婚，不可主动向人家提亲，否则大失体面。薛宝钗是大家闺秀，当然很懂此理，遵从封建礼法规范。所以，她不能向宝玉提婚，可是又不得不与黛玉争夺宝玉，这真是难上加难。但宝钗毕竟富于心计，她用心良苦。曹雪芹一再讲她不受花儿粉儿，不喜梳妆打扮，却带着个金项圈，连着金锁，上有八字：“不离不弃，芳龄永继。”而宝玉所带的通灵玉上也有八字“莫失莫忘，仙寿恒昌”，正是一对，这就暗含了婚缘之意。第八回“比通灵金莺微露意”，宝钗其实借莺儿之口微露求婚之意。作者提到薛宝钗进贾府后“日与迎春姐妹下棋，做针黹”，“因有金玉之说，老是远着宝玉”。可是请看具体情节描写，宝钗一出场就总跟着宝玉、黛玉转，在二人中“夹萝卜干儿”，哪里同姐妹们整日“做针线”了？所以，曹雪芹这句话我们不能信，要相信他的具体描写。宝钗的干扰引起黛玉不快，宝玉也厌烦起来。在第二十八回中，他对宝钗道：“老太太要抹骨牌，正没人呢，你去抹骨牌吧。”宝钗也很生气：“我是来抹骨牌的吗？”可见她总是想接近宝玉，讨好他，在他面前显示自己的才学。第二十二回，贾母看出宝钗稳重和平，特意替她做生日。在封建家庭，家长替晚辈表示什么都有所含义，宝钗很懂，知道贾母喜欢她了。从此得到启发，不只是一味跟着宝玉跑，因为常讨没趣。于是转到第二步：一方面不放弃宝玉，一方面拼命投家长所好，点贾母最喜欢的热闹戏，点贾母喜欢的甜烂之食，取悦于她。到第二十八回，更有发展，元春端午节赏礼，宝钗与宝玉的相同，而黛玉与别的姐妹一样，作者还唯恐读者不注意。宝玉问："别是弄错了吧？为何我与林妹妹的不同？"袭人说："都是一份一份签好的，不会错。"宝钗得的是红麝串，她心领神会，这不同寻常。很多封建淑女一提婚姻之事，羞颜绯红，宝钗也羞答答笼起红麝串，但她不像一般女子唯恐让人看出心事，藏在箱内，却带在左腕上，在炎热夏天出入人前显示给人看，就像我们的女排得了"四连冠""五连冠"锦标一样自豪。红麝串正好与她颈上的金锁相映相辉，这暗伏着一对婚姻，宝钗之心可谓精矣！

薛宝钗不发脾气，稳重端庄和平。其实不然。她得到红麝串，这是元春的选择，贾府最高当权者贾母并未明确表示。第二十九回，清虚观打醮，贾母让张道士留心宝玉亲事，道士提亲，这无疑对宝钗是一打击。这时，她锋芒毕露，第三十四回，"宝钗借扇机带双敲"，一向为人雅重的宝钗因宝玉提亲之事心绪难平，正逢丫头靛儿寻扇机会，于是奚落宝玉一通，对黛玉也反唇相讥，从中我们可以看出宝钗的胸中丘壑。这些方面，我不再赘述。确实宝钗是在进行婚姻争夺。

《红楼梦》最主要的线索就是婚姻争夺。拿我们现在的眼光看，宝黛的恋爱关系具有初步的反封建的民主主义思想。他们的自由恋爱，比我们当今一些年轻人的自由恋爱还要高尚，讲究几大件、几条腿，就是不及宝黛的爱情崇高、神圣。他们有思想基础，生死不渝。自《红楼梦》问世以来，读者就分两派：拥林派和拥薛派。我原来是拥薛派。我喜欢宝钗，她端庄大方，行为豁达，随分从时，群众关系好，会体贴人；黛玉孤高自许，目下无尘，爱使小性，不好应付。但是，我渐渐从拥薛派叛变到拥林派。

看问题不能离开具体背景，离开一定的时空环境，否则无法判别是非。比如，绸背心和裘皮袄哪个好，你脱离时空就无从分辨。

让我们看黛玉，她是个诗人，纯情专一，不存心眼，认真执著地寻求茫茫尘俗中的知己，她周围多是薛蟠、贾琏之流的污浊男子，只有贾宝玉对女性尊重，有民主思想，她就是爱这样的人。第二十七回，她是葬花，又是怜花，娇娇动人的花朵随风散落，陷入污淖渠沟，自己身边的姑娘，哪个不是受贾琏、薛蟠等人的践踏残害？上流社会在她眼里是“风刀霜剑严相逼”。她的怜花又是自怜。自己客寄外婆家，如果外婆过世，便是一无所有的孤女，与香菱一样，可以被随便卖掉，所以她最关心的就是自己的婚姻问题。在清幽的潇湘馆，等待她的是“青灯照壁人初暖，冷雨敲窗被未温”的漫漫长夜。从她的悲吟中，我们可以体会出她的思想感情，她的幻想追求。

黛玉并非尖刻、脾气大，她只是不放心宝玉，要宝玉真心对自己好，因为宝玉身上仍有少爷公子的习气，经过许多锻炼，他才渐渐对男女关系严肃起来。黛玉一旦“诉肝腑心迷活宝玉”，得到了宝玉的真心，她的脾气便温和了。原来把宝钗作为自己的敌对，现在也烟消云散。矛盾解决了，她唯一感觉是自己的孤单，于是认薛姨妈为干妈，认宝钗为姐姐，这是何等可怜啊。可见，我们要深刻了解当时的环境。

而薛宝钗则不同，她总是规箴宝玉多关心仕途经济，使宝玉大为反感：“好好的一个清净洁白的女儿，也学得沽名钓誉，入了国贼禄鬼之流……真真有负天地钟灵毓秀之德。”宝钗知道自己不招宝玉喜欢，转而走家长路线，她深谙此道，精于此道，博得贾府上上下下人人喜悦。她的工作做得相当深入，她只是为了得到宝二奶奶的地位，于是我们可以看出她与黛玉的本质不同。

前四十回写婚姻爱情争夺，而后四十回慢慢不大提了，主要写生活环境，生活矛盾。

邢夫人与王夫人，贾赦与贾政之间矛盾很大。封建社会，本应老大当家，可贾母不喜欢贾赦，他满腹不快，因此邢夫人与王夫人之间也罣隙重重。抄捡大观园是他们内部矛盾的大暴露，也是贾府封建统治者阵营的内部矛盾尖锐化、激烈化斗争的结果。斗争的结局，王熙凤站不住了，接着凤姐病倒。这么大的家庭矛盾重重，管理起来着实不易，而且，家势越来越穷，入不敷出，钟鸣鼎食之家已是日薄西山、气息奄奄的气候了，想要复兴家道，就要寻找适合的人选接班承继和挽救家业。关键就在于对“宝二奶奶”的挑选，后四十回就是写贾家的客观形势如何导致了宝黛的爱情悲剧。

宝黛的心心相映，有共同的志趣，却不能结合，这并非哪个人不好，贾母阻拦，王熙凤不通过，王夫人不满，主要是国公府家庭决定的。要接王熙凤的班，只能是薛宝钗，决非黛玉。

第五十四回，元宵节贾母宴宾客，她最喜欢的四位姑娘和宝玉围坐身边，在座的还有薛姨妈、李婶娘、贾政以及众多远房亲戚，贾母命宝玉斟酒给姐妹们，至黛玉前，偏她不饮，拿起杯来，放在宝玉唇上边，宝玉一气饮干，黛玉笑说：“多谢。”凤姐道：“宝玉别喝冷酒。”宝玉忙道：“我没吃冷酒。”凤姐笑道：“我知道没有，不过白嘱咐你。”这是什么意思？你们设身处地想一想，一个封建社会的闺中小姐怎么可以把自己的酒给表哥喝呢？这是大丢面子、大犯规矩的呀，十足的缺乏教养的表现。贾母又不好直接教训，由凤姐儿在旁敲击一下：合欢杯是要结婚时才可以喝的呀！这里，黛玉对封建礼法的叛逆态度引起了众人的不满，再者，黛玉体弱多病，孤苦单薄，又与这个家族格格不入，她并非宝二奶奶的理想人选。

而薛宝钗呢？待人接物善于“藏愚”“守拙”，显得那么随分从时，那么端庄稳重，在驾驭奴仆上，又深谙“使之以奴，动之以利”之道，因而博得贾府左右上下交口称誉，就连“越发历练老成了”的“脂粉堆里的英雄”管家奶奶王熙凤，也不可望其项背，她具有在风雨飘摇时略施小惠、延揽人心、维系颓运的怀柔政策，她有一份理家的治才政绩，何况薛家喜欢贾家之贵，贾家更喜欢薛家之富，可以扶植宝玉走到封建主义道路上去。贾府主子们梦寐以求地企图力挽颓势，重振家业，岂不亟须这么一位“大贤大德”、而又“大得人心”的候选人来继任管家奶奶吗？这样，客观形势造成了两个悲剧：薛宝钗的悲剧——没有爱情的婚姻悲剧，林黛玉的悲剧——无法缔结婚姻的爱情悲剧。《红楼梦》的双重悲剧——婚姻悲剧和爱情悲剧，有着深广的历史、社会意义。在曹雪芹时代，只有两条道路：民主主义道路和封建主义道路，存在着两条路线的斗争，但市民阶层的民主主义力量已经形成气候，虽然这个力量不大，宝玉的一套思想就是从大量丫环小姐身上来的，他的幸福问题，集中了当时所有青年男女的幸福问题，他的悲剧，也是封建社会末期具有初步民主主义思想的青年的爱情悲剧。

最后我提醒大家的是，我们读《红楼梦》不要听人家的话。毛主席曾说第四回是读《红楼梦》的一把钥匙，《红楼梦》写的是贾史王薛四大家族的兴衰，这是不符实际的。作品中，王家只提到王夫人、王熙凤，除此之外，谁也不知道；史家只有穷困辛苦的史湘云，贾母作为她的姑祖母，也未帮上忙，史家究竟如何，无从知晓；而作者重在写贾、薛两大家族，我们未曾看出四大家族的兴亡史。因此，我们要从实际事实出发，不能妄听人言。

（朱东胜根据录音整理，刊《苏州科技学院学报（社会科学版）》1988年第1期）

黛玉葬花（早期）

# 略谈《红楼梦》研究

关于红楼梦的论文和著作，我很喜欢读，但拜读的还不是很多。

我接触一些青年同志，和许多《红楼梦》的爱好者，他们说，解放以后多年以来，直到近四五年以来，关于《红楼梦》的研究论文多极了，可是时间有限，不容易找，也不知道读哪些好。他们叫我推荐。我急切推荐不出来。因此，我希望我们能把这方面有成就的论文，选编一两本，挑那些科学性强、表达得好一点的，像《读者文摘》那样的，提供给对《红楼梦》感兴趣、关心这方面研究的人阅读参考。这个工作适应需要，也有意义，我们研究所和学刊可以做，不知道对不对（现在我才知道刘梦溪同志刚做了这一工作，书已经付印，这是大可欢迎，应该感谢的）。

我自己也有这个感想，就是论文很多很多，而时间精力有限，一天最多读三篇文章，再想读，就不行了。刚才两位领导同志讲了，任何一个时期，《红楼梦》研究都没有现在这样兴旺，这是令人欢欣鼓舞的。“异卉奇花争艳发，为霑雨露坐春风”，这是我应约题去年《红楼梦》论文集的拙句里的话，也是歌颂当前这一可喜的局面的。我以为以后可以每年选编一本。

但是人不会满足。若一分为二地看，对今日研究又还有不满意之处。

记得周总理曾经说过：百家争鸣，要持之有故，言之成理。我体会，“持之有故”，就是说话要有根据，提出一个论点，不能天马行空，捕风捉影；“言之成理”，就是要有基本的常识，基本的生活知识、历史知识和基本的逻辑观念，不能腾云驾雾，想入非非。我们不能要求一下子就能成熟地运用马克思主义和毛泽东思想，我就不行，学习得很不好；那样要求我，可能标准高了。我们只能认真循这个方向加紧努力。我看到有不少的科学论文，已取得可观的成绩。但同时我们也应该要求论红说红的文章，应该有起码的常识。有些论文，未免是有这样那样的缺欠，我们编辑部是不是也可以把当年周总理的上述指示掌握起来。比如稿子有可取之处，如果还有些欠缺，或者根据不足，或者逻辑性较差，编辑部是否可以找作者商讨商讨，请他修改补充一下。我看编辑部可以把这个关。

我们的论文一经发表，会在社会上产生很大的影响。就在我个人接触的工作小范围内，看到一些论文稿子，其中就有受一些红学论文的影响，循着那种路数，钻牛角尖，有的钻得很厉害。看来根据不足，有点两脚悬空，吹肥皂泡。也有喜欢猜谜的。《红楼梦》有不少的可猜之谜，若能实实在在解几个，当然很好；那分寸，我想仍然在是否有据有理，不能胡思乱想。

研究古代文学，我们都认为历史知识是重要的。历史知识，就是当时的生活知识，如果真的撇开历史知识，把《红楼梦》当作现代或当代作品来看，恐怕是不行的。列宁曾经说过："在分析任何一个社会问题时，马克思主义理论的绝对要求，就是要把问题提到一定的历史范围之内。"[①]马克思主义不大讲"绝对"，其实，这就是历史唯物主义的原则。《红楼梦》是二百多年以前的作品，它反映的是二百多年以前的生活现实；作者的思想观点，也只能限于二百多年前可能有的思想观点。最近一期《红楼梦学刊》，有一篇文章《探春理家之所本》，提出曹雪芹写探春理家的依据。文章说，那时许多豪门贵族私家花园，都讲究池塘竹木等经济方面的收益，这是当时的一种上层社会的风气。我看这篇短文就很有意思，它使我们

① 列宁：《论民族自决权》。见《列宁选集》第2卷第512页。

知道，探春理家，精打细算，要开源节流，重视大观园的经济收益，不是出于三姑娘个人的偶然才智，不是曹雪芹的凭空臆造，而是当时实际生活的反映。提高一步来认识，这可能跟当时商品经济发展，跟当时资本主义萌芽形成的经营方法的影响，有密切关系。这对我们了解《红楼梦》的现实内容大有帮助。因此，我觉得这篇短文章用小号字排在一角，好像显得不够引人注意，若是用五号字当一篇重要文章处理，是不是更恰当一些？

《红楼梦》语言的研究，大家也认为是很重要的。《红楼梦》的语言，无论铺叙、描写，都言简意赅，非常传神。特别是对话，总把人物内心情绪，神情意态，饱满深刻地透露出来，把人与人之间内心精神的关系，把种种特定场面的形态与气氛活生生地描摹出来，使读者如亲见其人，如身历其境。那种本领，在世界文学中也未曾有。这个无比丰富的矿藏，够我们好好开掘的。关于语言方面的研究论文，刊物上已经发表了一些，这是很好的。我认为这方面的研究，也应着眼实际，提防钻牛角尖。

我在学校常常发表一种意见。北大的中文系，过去是，现在也是中国语言文学系。文学和语言是不可分的，可现在却分出什么文学专业和语言或汉语专业。这恐怕是学习苏联来的。

这么一分，隔行如隔山。学文学不重视语言，学语言的对文学也不感兴趣。如果语言的基本观念和训练没有，他的文学怎么学得好？文学的工具就是语言。战士卫国打仗，枪炮都不会收拾，不会使用，怎么说得过去？同样，你搞语言，怎么能不管文学呢？最好的语言，就是文学语言嘛！现在有一种风气，青年人入学，每个人都立志钻进一个小旮旯，只搞一个小摊子，这恐怕很难培养出人才来。在《红楼梦》研究方面，若是青年人一心一意只研究一部《红楼梦》，恐怕也搞不出所以然来。钻在一个小旮旯里怎么行呢？要有广泛的基础嘛，要有开阔的眼界嘛。

我还有一个意见，就是搞古代文学，应该关心和了解当代文学。研究古代文学，目的之一是为当代文学服务。如果我们这样做了，那么我们的着眼点就不会脱离实际，就会使我们的研究工作生动活泼，富有现实意义，人们都会喜欢看。

以上都是一时的感想，说得不清楚，一定也多不恰当之处，请指教。

［本文是作者1982年2月26日在《红楼梦学刊》第四次编委（扩大）会上的发言。原载《红楼梦学刊》1982年第3辑。］

# 在第六届全国红楼梦学术讨论会上的发言

## 在开幕式上的发言

（1988年5月26日）

今天能在这里同大家见面，非常高兴。芜湖是我的故乡，我十三四岁时在赭山省立第五中学读过两年书，对芜湖印象特别深，以后经常回忆在芜湖的生活和我亲爱的老师同学。

我这是第一次参加红学会。曾经作为一名会长，我看我怎么也不像。我年纪一大把，政治上幼稚，学术上浅陋，历次开红学会我也不敢来。我也不擅长大会发言，只能在屋子里聊天。今天来芜湖参加会议，现在我们有了一位好会长，冯其庸同志多才多艺，又很能干，我衷心拥护。

当前红学研究比任何时候都活跃，真是百花齐放，这也需要向国外扩展影响。外国朋友对中华民族创造的灿烂文明还不大理解。英国李约瑟博士著作了《中国科技史》，介绍中国古代科学技术，认为西方许多东西都是中国移植过去的。外国人要求了解中国，中国人要大力开展对外文化交流。现在我国在世界上地位提高了，可以说有了根本的变化。（20世纪）40年代，我跟冯玉祥先生游历过美国，1981年作为作协代表参加鲁迅纪念会又应邀到爱荷华，再一次赴美。所见所闻，两相比较，大不一样。过去中国人在美国主要是开饭馆、开洗衣店和杂货铺。现在大量的华裔在美国从事文化学术和教育工作，影响很大。美国大学多设立东亚语言文学系，主要讲中文，讲汉学。科技界亦是如此，中国留学生的成绩普遍名列前茅。但现在国外对中国的文化历史、文学艺术了解还不够，甚至可以说了解得很差。主要原因是：一、生活隔阂，生活体系完全不同；二、语言困难，历史隔阂。举一个例子：一名捷克学生（研究红学的著名学者）跟我研究《红楼梦》，学了三年，临告别时，向我提了两个问题：一、贾宝玉和林黛玉谈恋爱，有人在的时候不敢亲热，这个我能懂得，但没人时怎么也不敢亲热呢？二、贾府财物很多，怡红院、潇湘馆到处都有极值钱的东西，像一座座工艺美术馆，为什么宝黛不拿一些变卖、一起逃走呢？听了这样的问题，我有些失望。这说明他根本没懂《红楼梦》描写的人物和生活。这完全不能怪这位外国研究生，外国人确实不容易了解中国的传统文化。现在中国作品的外文翻译也很不容易，我看过一些名家的译本也不完全满意。现在的关键在于怎样来打破僵局，让外国朋友了解中国文化。我们当然应该大量接受外来文化，经过消化吸收构成中国文化的部分。我们必须相互交流，让中国文化也成为世界文化的一部分。

搞四化，要提高生产力，没有贫穷的共产主义，这是真理。现在有种极其有害的倾向，就是重理工而轻文史。我在美国的大学讲演，利用主人给的二十分钟，谈自己的观感。我们中国是小农经济的底子，手工业特别发达，可缺少协作精神，万事不求人；社会家庭是宗法家长制，这表现在政治上就是封建专制政体。西方在这方面发展得比我们高明，因为他们封建主义制度短暂，更重要的是有法律保证，讲究法制。西方物质文明很高，精神文明太成问题。我接触美国的许多大学生，他们都很苦闷，对人生的意义不能掌控，个人主义发展到疯狂的地步，这是重视物质文明忽视精神文明的结果。现在我国提倡两个文明一起抓。但我看精神文明（文化）没有得到落实，其中最基本的教育尤其被轻视。改革以提高生产是必须的。但文化教育万万不可忽视，传统文化不可偏废；就是讲科学、重视科技也不可绝对化，理论总是母体，万不能忽视的。无论就当前，或为未来着想，都是如此，否则，如何建成中国的社会主义？

研究《红楼梦》，是研究中国文化最集中、最高级的丰碑。这种研究，对我们自己来说也有极其重要的现实意义。

## 第二次发言

（1988年5月27日）

我只是《红楼梦》一个很普通的读者、爱好者。若说对这部书的研究，恐怕还谈不上。讲得不好，请大家多多指教。

1954年，批评俞平伯先生的《红楼梦研究》，不知怎么搞成批判运动。听说是朱德总司令讲："你们讲人家研究《红楼梦》讲得不好，那么你们讲一讲嘛！"有了这么一句话，就叫北大中文系开《红楼梦》的专题课。这样，就打鸭子上架，一下子落到我头上来了。

作为一个读者，我有这么一点体会：有许多小说，读一遍就再不想读它了；而读《红楼梦》却不是这样。《红楼梦》我小时候读过，最初读它是十三岁，似懂非懂的。以后有了好版本——我所指"好版本"，不是现在所谓八十回抄本，而是指亚东书局出的，经过胡适考证、汪原放标点的本子。那个本子对于我当时来说就是一种"新文化"，"五四"以来的"新文化"。它比以前石印本《金玉缘》很不同，有了崭新的面貌。

它用铅字排印，有标点符号，分行分段。我多次反复地读，读了一次还想读一次，每次感受和理解都不一样。随着年岁的增长，经验、阅历的增多，对《红楼梦》的欣赏能力、理解能力不断有新的提高。我深深体会到，要读懂《红楼梦》、理解《红楼梦》须熟悉内容，还须有相当的社会生活知识。没有生活知识、或生活知识太少、或有而不动用都不行。这对读《红楼梦》来讲，就是历史知识。它既包括曹雪芹写《红楼梦》时的社会生活、人际关系和文化思想情况，也包括上溯到明中叶以来的中国社会的变化、经济的变化及文化思想变化情况，也包括我们现实社会的生活知识。在这方面，胡适的考证对我帮助很大，比蔡元培他们的《〈石头记〉索隐》帮助大得多。

实事求是地讲，胡适对“五四运动”是有功劳的，是个功臣。我们今天普遍使用白话文，胡适就有贡献。在“五四”时期他极力提倡白话文，使白话文逐步推广，趋于成熟。为了提倡白话文，胡适把这些古代小说翻出来了。这些名作过去都是被压在最底层的，梁启超等虽以新的观点加以重视，但未落实；经胡适的提倡才真正翻身，经过整饬，重新出来，让大家公开阅读。在这方面，胡适的功劳不小。他对《红楼梦》的研究，考证出作者是曹雪芹，考证作者的家世，同曹寅的关系等等，这些都帮助我们对《红楼梦》获得比过去更多清楚的了解。

史湘云故事（1961）

在北大开《红楼梦》专题课，凭我读《红楼梦》的一点经验，一上讲堂就讲：上这门专题课，读一遍《红楼梦》不行，起码要读三遍。这我还是打了折扣，心里觉得读三遍还是不够的。可那时在不少人心目中，《红楼梦》写女人谈恋爱，是部黄色书，贾宝玉是个坏分子。我说要读三遍这句话，就惹出麻烦来了。一搞运动，就搜出来批一顿，说我放毒。我也只能听之任之，没有话好辩解。后来幸亏毛主席对干部讲：“你们读《红楼梦》，非读五遍不可。”这一句话才解救了我。过去我们对毛泽东同志不像在周总理前面那样什么话都敢讲，对他心怀戒惧，但对这一条，我对他非常之感激。总之，我的意思就是，读《红楼梦》要多读几遍。要把它读得你懂了，确实需要一些生活知识。这要多看一些笔记和明清人的集子，才能真正了解当时东南和北方地区的一般社会生活、人与人的关系和风尚习俗。当然，还有现实的社会生活知识。熟悉了这些，再用来看《红楼梦》，就会体会一些书中的内容和作者的意图与用心。缺乏生活知识，缺乏历史知识，评论《红楼梦》，无论论人物，或是论艺术、分析思想，都只能浮光掠影地抓住一点最表面的粗浅现象，无法深入到里面去。而我们最容易凭一些浮面印象来做评论与研讨，因为这最省心省力。现在强调作家要熟悉生活，其实，评论家更需要生活知识。你缺乏对某种题材的生活知识，你的评论就不能中肯，你的论断就不可靠。你认为好的，却是坏的；你认为坏的，恰好是好的。所以，生活知识对评论者确实是重要的。有个人所熟知的故事：苏东坡的笔记中记载，唐代大画家戴嵩，善于画牛。他画了两头牛打架，这幅画被一个收藏家宝贵得不得了。一天，他打开来晾，客人无不欣赏，说画得像，有精神，旁边有个放牛的小孩，看了，不禁哈哈大笑。问他笑什么，他说，牛打架紧张用力，浑身收敛，尾巴夹得很紧。这画的牛，尾巴翘得多高，哪里像牛打架！评画家在这一点上就不如这个小孩。当然并不能凭这一点就否定戴嵩画牛的艺术，但不能说不是瑜中之瑕。评论家需要生活知识是确实的。这个道理，当今文学界并没有重视。现在更不同了，有些人甚至认为作家也可以不需要熟悉生活，只须关在屋子里写意识流、写主观感觉与情绪、写胡思乱想，提倡淡化人物、淡化情节，认为这是艺术的最上乘，那就更谈不上评论家需要熟悉生活了。但我总认为没有生活就写不好作品，一个人关在屋子里与世隔绝是冥想不出什么有价值的东西来的，评论家同样如此。我看了一些评论《红楼梦》的文章，凡是有些生活知识、历史知识的，对曹雪芹写的题材——他那时的生活，如历史背景、文化背景、经济政治背景、风尚习俗等有所了解的，他发表的意见就常常有些深度。

我在这里提一个不为人注意的琐屑问题：薛蟠把马渊打死了，薛氏全家进京。进京前，先派佣人到北京修缮住宅。薛家是皇商，领皇家的钱、替皇家采购用品，他家在许多大城市都开设各种店铺，北京的店铺就很多。除了自己开的店铺以外，还有大量的市房和住宅。可是，薛家进京以后，却没有住进自己家里去，这是什么道理？再者，薛姨妈娘家是王子腾家，也住在北京。那时，王子腾升了九省统制，离京查边，可王子腾的家眷全留在北京。书中写的，贾家每逢喜庆礼节活动，王子腾夫人是出席的。这次，薛姨妈全家进京，或因房子没修好，暂不住自己的家，照我们中国人的常理，也应该到娘家去住。但他们一不住自己的家，二不住娘家，却偏偏住到外亲（姨亲）贾家来，这是什么缘故？还有更让人感到奇怪的，他们在贾家先是被指派住在梨香院，后来贾家从苏州采办来十二个小女戏子，又把薛姨妈一家迁让出去。这时，你薛家该迁住自己家或娘家了吧？可是，仍然不。倘说和王夫人是亲姊妹，感情好，舍不得离开，那时北京有马车、有轿子嘛，照样可以经常往来，可以早来晚走嘛。我想，住进自己家多好！住在国公府里多别扭，多不方便？现在连梨香院也不给住了。这透露贾府在贾母的主持下对薛家是很不客气的。可是，薛姨妈一家还是赖着不走，结果贾府指派他们搬到东北角上的一处房子去住，还是不走。这就叫人觉得非常之奇怪了！

我们再来看看薛家，全家主要是三个人，一个薛姨妈，一个薛蟠，一个薛宝钗；另外还带来个香菱。薛蟠是个花花公子。薛家的主人——薛宝钗的父亲死了以后，剩下孤儿寡母，薛家明显走向衰落，偌大的家业很难承当啊。薛家是皇商，皇商当然也是豪门，可又是商人。中国的商人，是豪门也好，在上层社会里是没有多少政治地位的，往往被人瞧不起。司马迁写了一部《史记》，后世儒家也赞美它，视为经典，但有许多著作对《史记》里的《货殖列传》十分不满。《货殖列传》是写商人，为商人立传，商人怎么可以入传？怎么可以入正史？封建时代知识分子最看不上《货殖列传》。中国的传统是抑商，对商人瞧不起。所谓本末，就是农业为本，商业是末。因为商业搞商品经济，破坏小农自然经济。小农经济万事不求人，自给自足。搞商品经济，势必破坏小农经济；而破坏小农经济，就是破坏封建专制制度的基础。小农经济是家长制，反映到政治上就是皇权专制，就是封建主义专制，所以非抑制它（商品经济）不可。我们古代小说像《三言》《二拍》《照世杯》写了很多商人，小商贩也成了许多作品的主人公，他们一般都是很老实的，有很好的品德，辛辛苦苦地做生意。像《施润泽滩阙遇友》，施润泽捡了人家的包包，也送还给人家，因此同一个农民建立了深厚的友谊。古代商人处在被压迫地位，所以有许多人的品德是很好的。《儒林外史》也写了这些，反映了中国封建社会出现了新的面貌。

当然，商人也有各种各样的，《金瓶梅》里的西门庆就大不一样。《金瓶梅》这部书最重要的贡献就是为我们塑造了西门庆这样一个典型人物。西门庆的特点，在于他是个市侩。他开各种店铺，有很多钱，他是个恶霸，不少的钱是诈骗来的，霸占来的，巧取豪夺来的。李瓶儿的丈夫花子虚本是他结盟的好朋友，所谓“热结十弟兄”之一，他却把好朋友的老婆李瓶儿和家产全搞过来了。他开了个生药铺，人家蒋竹山开个生药铺，他就买通流氓给砸掉了。娶妾也是从钱上看，看可以带多少钱过来。他用这些钱干什么？一是用来买土地，再就是用种种办法行贿，钻蔡太师的门子。钻进去了，做干儿子，大量送钱财礼金，放了个山东提刑所理刑副千户的官，就是当上地方上判案子执法的官，执政了。商人执政，在中国封建社会这是非常有社会意义和历史意义的。

在明代正德以前，三杨当政，实行的是儒家“治国平天下”的一套。朱洪武因胡惟庸一案取消了宰相制度，三杨死了以后，实际上是太监掌权专政。朝廷里是太监专权，皇帝的权都落到他们手里。在外地，大量的太监，遍布天下，无论哪个地方都有太监。一个地方出产什么，就派出去一个太监，管收税，叫“税珰”。太监原来是没有地位的，他们见到大臣要下跪；明代中叶后的太监反过来了，大臣要向他们下跪，想谋官首先要向太监大量地奉送金银财宝。正德时大太监刘瑾就专权，从刘瑾到后来严嵩、严世蕃父子，再到清代曹雪芹时代的和坤，他们都专权祸国，他们实质上都是市侩。他们既做官当权，又都做生意买卖，他们败官抄家的账单上，有很多都是垄断的商品。他们专政，实际上是市侩专政，即官僚、地主、商人三位一体实行统治。中国封建社会末期，政治上不是纯粹的封建主义专政，实际上是市侩主义专政。毛主席曾做过这样一个论断：外国不打进来，不把资本主义强加给我们，我们自己也可以慢慢地发展成为资本主义。我很怀疑这个想法，这在外国适用，在中国不行。外国商人反对教会，教会代表封建势力，商人有法律保护他们，所以他们的商业资本主义，可以积累资金慢慢地发展成为工业资本主义。而中国则没有这种条件。中国没有法律保护商人的权益，且在市侩主义的统治之下。市侩主义是新的最凶残的封建主义。他们的专政像一块大石头压在人民的头上，搜刮的大量民脂民膏，都被胡作非为地挥霍掉了，永远也发展不了资本主义。直到现在，我们搞四化建设，搞改革，搞开放，提高生产力，阻碍我们的，还是这个势力的残余。铺张浪费、大吃大喝、肆意挥霍，这完全是市侩主义的遗风，是市侩主义传统在新的历史条件下的表现。所以《金瓶梅》写了西门庆这么个人物，是非常有社会历史意义的。写他的生活，从里写到外，写他的性格，写他的内心世界，以前没有哪部书能写得这么深刻。现在出了洁本《金瓶梅》，把那些淫秽的部分删掉了。淫秽部分是西门庆市侩性格的重要组成部分，删掉了，这个典型形象就缺了一大块，这是很可遗憾的。当然，这些淫秽部分，让没有结婚的青年人看了确实不好；不过，要研究学术，就不能删，删掉了，这个典型形象就不完整，就不能窥其全貌了。

拿西门庆同贾家比较。贾府，像贾政都是正统的封建主义，整个百年显赫的国公府实已落到财源涸竭、后继无人的地步。而西门庆家却不是这样，他越搞越红火。以后他死掉了，那是纵欲所致，他的家业并没有败坏。这是由封建社会末期市侩主义特点决定的。市侩主义的特点，就是搞实利主义。他不讲什么传统的道义，根本没有什么道义感，也没有什么伦理观念，也没有什么封建道德观念。要抓的是权势，以权势谋取实利，实利之所在，无所不为，不择手段。市侩主义者把封建社会的伦常、伦理以及礼法观念全都打破了，他们要的是实际利益——实权、实利。一朝权在手，他们什么事情都干得出来。

现在我们回到前边提的薛家进京的住处问题。薛姨妈进京，不住自己家，不住娘家，而住到姨家。封建社会以男子为中心，所以有内亲外亲之分，舅家是内亲，姨家是外亲。内亲亲，外亲疏，这是封建社会普遍的道理。那么，薛家进京后为什么这样选定他们的住处呢？

让我们用几点常识来看看薛家。薛家进京提出四条理由：第一，送薛宝钗进宫候选；第二，整理店务；第三，探亲；第四，观赏上国风光，就是到北京玩耍。这四条，只有第四条像是薛蟠的主意，因为他除了吃喝嫖赌、恣意玩乐以外，别的事情他不会想，也不会干。其他三条主意看来不是出自薛姨妈，就是出自薛宝钗。其实，她母女是合二而一的。

第一条送薛宝钗进宫候选。若不动用历史知识，对这一条也不容易了解其意义。在封建社会里，没有一个普通的善良人家的父母会打主意要主动地把自己女儿送到宫里去做宫女的。看看当时小说是怎样写的，例如《聊斋志异》里《刘夫人》《窦氏》等篇，都写到朝廷选宫女，老百姓就家家户户把女儿赶快嫁出去。川剧、晋剧、湖北梆子都有这类戏，叫《拉郎配》：乱拉一气，一个人可以拉几个小伙子，有的十三岁姑娘拉了个老头子，也配上了。再不好，也比进宫当宫女好嘛。请看《万历野获编》，那里面详细写了宫女们的日常悲惨生活。所以，想送薛宝钗进宫，曹雪芹这一笔，就把薛家贬得很厉害，就把薛家市侩主义的实质点出来了。女儿进到宫里去做宫女，寻常百姓家的女儿同国公府的小姐——贾宝玉的姐姐不一样，国公府里小姐一被选中是逃不掉的，是非送进宫不可。她是做妃子，做女官。元春封了凤藻宫尚书，已经是贵妃了。即使如此荣耀，省亲回来还哭得不能抬头，说在竹篱茅舍之家也比她在皇宫那个不得见人的地方好。元春尚且如此，一般宫女的痛苦遭遇就可想而知了。可见，没有历史知识，对《红楼梦》里写的送薛宝钗进宫候选这一条就看不懂。现在红学界不是讲恢复曹雪芹原来的本意吗？这一句话没看懂，曹雪芹的原意就不能了解。

薛家走向没落了，孤儿寡母，难以支撑。各地方的生意都被经手人侵占出卖了，下腰包，跑掉了。贾史王薛四大家中的薛家这个豪门，正在急剧地没落。这个家庭面临这种严峻的局势，促使他们迫切地要抓政治势力来为自己撑腰，否则就维持不下去。所以，薛家进京提出的探亲这一条也非常重要。一个豪门要完蛋，它决然要用种种办法来挣扎，如同一个不会游泳的人掉下水，连稻草也要抓一把。所以，薛家进京一个重要的因素，是抓政治势力，寻求政治靠山。我们用常识来分析，薛家离不开薛宝钗，薛宝钗不仅不能进宫，就是嫁给另外一家阔人家也不行。薛宝钗一出嫁，薛家只剩下薛姨妈和薛蟠母子两人，薛姨妈管不了薛蟠，他们两个人怎能维持这样一个庞大的家业：从皇家领钱，做皇商？有些喜欢作考证的，考证薛宝钗进京后，曾否进宫候选，是没有进宫候选，还是没有选上？这种考证，我看没有多少意思。因为薛家扬言进宫候选，不过是虚晃一招，表示自己有权势可倚，拉大旗，做虎皮，包庇自己，吓唬人家。薛蟠打死冯渊，引起很大的民愤。东南地区是商品经济、文化思想发展的先进地区，从明代中叶起，经常出现市民闹事。这次薛蟠随便把人打死就跑了，社会舆论不免哗然，薛家是很心虚的。他们用进宫候选虚晃一下，以抵挡当时汹汹的舆论。同时，通过这个凶案，也使他们更加迫切地感到需要抓取政治势力。因此，他们进京后，不住自己家里，也不住娘家，一定要住在国公府。

到国公府，有个好对象贾宝玉——国公府的唯一继承人。如果同贾宝玉成了婚，薛家所有问题都解决了。曹雪芹写《红楼梦》，用种种办法写环境，突出地写出国公府势力之大，地位之高，以烘托贾家之“贵”。薛家富，缺乏贵，迫切需要贵，尤其犯了罪以后。不要以为封建社会有钱人犯了罪没事情，不讲法律。那才怪哩！没有后台，薛蟠打死人也一样得偿命。所以，薛家进京住到贾家来，目的就是要抓贵。

薛宝钗是薛家的灵魂。薛姨妈有丰富的世故经验，但缺乏文化。有文化教养的是薛宝钗，她出的主意都很高明，许多主意看来只有薛宝钗才能想得出来。有人说，把薛宝钗说成那个样子，是否符合实际？《红楼梦》写人物一般都比现实提高一步。我不相信像林黛玉那样一个十一岁进贾府的女孩子，会那么博雅，随口就能念出《葬花词》来。我是科班底子，念了一辈子中国文学，也作过几句诗，可叫我即兴做出《葬花词》来，那可没门儿。写薛宝钗那么渊博，那么高明，那么有心计，会出主意，也是拔高了一步的。

薛家来贾家住下，看到有个贾宝玉，怎么也不肯走了，就死心眼标上了，她要完成家势给她的任务。这个任务艰巨，很不容易着手！有个先来这里的林黛玉，她是贾府的内亲——贾母的亲外孙女儿，老祖宗疼爱的独女儿遗下的一块血肉。而且跟贾宝玉青梅竹马，从小好得不得了，连凤姐在内，人人都认定了贾母必然会把她配给贾宝玉的。薛家面对眼前局面，怎么办？

作者曹雪芹对薛家进京后为什么住在贾府，也讲了许多理由。我们用常识来衡量，看那些理由是否可信。孔夫子说，观其人，而察其言，“人焉廋哉？人焉廋哉？”观察一个人，不光看他说的是什么，还要看他做的是什么，这很要紧。我们常说不能只听人家的宣言，而要看实际行动。对曹雪芹直接说的话，也不可全都相信，要把他说的拿来跟他具体描写对照来看。何况，中国文学艺术传统是主张含蓄蕴藉，意在言外。在作品里作者不大直接说什么话，主要通过形象来表达。曹雪芹在《红楼梦》里也是不大讲话，而多是通过情节场面的种种不同描写手法，来表达他的观感评断和爱憎褒贬的。可是，有时他也出面讲话。我们应该怎样对待作者自己在书中的言论呢？有些研究《红楼梦》的文章，总是引书中曹雪芹说的话作依据，认为作者的自己的话最可靠，这就未免太老实、太简单了。因为，第一，作者对他笔下描写的生活，认识水平是有局限的；第二，他说的话往往有意绕弯子，有时又故意说反话。总之即使引的是曹雪芹的话，也不可靠，还是要拿来跟具体描写对照对照。更何况有些人把所谓“脂评”当做金科玉律，把脂砚斋之类的人跟曹雪芹本人画等号。目前书的开篇“此开篇第一回也”的一大篇话，早就证明和指出这是别人的批语，但仍然保留着当做作者自己的话来看待，那就更成问题了。最重要也是最科学的方法，是对具体问题作具体分析。例如书中说的薛家进京要住在贾家的那些理由，绕了许多圈子，到头又把那些话否定了。他说，薛家所以要住在贾家，是希望贾家的长者和兄弟把薛蟠管教好，带上正路；可是，跟着又说，薛蟠到贾家以后，被贾珍、贾琏这些人带得比以前更坏了。试问，既然如此，为什么还要住在贾家，不住到自己住宅里去呢？再如，对薛宝钗在金玉问题上的态度，作者也正面讲了话，说是薛宝钗因为有金玉之论，就时刻远着贾宝玉，不肯接近贾宝玉，日常只是跟李纨、迎春、探春一块做针黹。这是作者说的话，可信不可信哪？拿书中的具体描写一看，就完全不相符合。是怎样具体描写的呀？常常是林黛玉和贾宝玉在一块“一语未了”，丫环说：“宝姑娘来了。”自她住进贾府，最初，林黛玉同贾宝玉在哪里，她总是插进去，北京话叫做“夹萝卜干儿”——老是跟着他俩转，她一点也没有“远着他”。

贾宝玉的那块玉，说是从妈妈肚里带出来的，我们没有办法，只好存而不论。可是你薛宝钗的金锁怎么来的？书上一会儿说是和尚送的，一会儿又说八个字是和尚送的。为什么你这八个字同贾宝玉的玉上面的八个字恰恰做成对子？这就怪了。我看这个问题倒值得去考证考证。而且，薛姨妈放出口风，扬言也是和尚说的，“只有有玉的才可以配”。请问，普天之下，只有贾宝玉那样一块玉，眼前还有哪个有玉？这就露出馅儿来了。薛家母女制造金玉之说，看似下策，用心良苦，实是出于不得已。我们知道，在封建社会里，尤其在上层阶级，女儿只能“待字闺中”，从没有女家出面向男家求婚的，薛家迫切要求这门亲事，又碍于传统习俗及现实形势，不能直接启口，就只好设计这么个主意。但我们知道，这样一手，在平常稍稍顾全人情面子的人家是干不出来的。这就是实利之所在，钻头觅缝，不择手段！这个金玉之说，形成一个魔影，使得宝黛关系受到极大的干扰。林黛玉跟贾宝玉多次吵闹，大伤脑筋，全是为了这问题。这是明摆着的。

许多同志认为薛宝钗是位封建淑女。从给人表面印象看她确实是封建淑女的样子，但看书中的具体描写，绝不是什么封建淑女。一位封建淑女，新来乍到这个国公府姨亲家，怎么会跟着这个老表贾宝玉转？缠来缠去，惹得林姑娘闹别扭，贾宝玉都厌烦她了：你不要老跟着我们嘛，到老太太那里去打牌吧。这是薛宝钗同贾宝玉关系的第一个阶段的情况。

到后来，慢慢地贾母喜欢她了。第二十二回贾母说她稳重和平，会讨人喜欢，要给她做生日。贾母对谁也没给做过生日，这可是特殊的恩宠，给她极大的启发。从此以后，薛宝钗从两方面做工作：对贾宝玉这边仍不放松，还是跟着他转，要引起贾宝玉的好感，这主要关切贾宝玉的活动，显示自己的才学；可与此同时，又抓紧机会对家长——尤其贾母等方面有意奉承，博取他们的欢心。这是薛宝钗同贾宝玉关系发展的第二个阶段。

再到第二十八回，元春送端午节礼，薛宝钗和贾宝玉的礼品完全一样。这可是喜从天降的事！因为其意义非同小可。她就不大紧跟贾宝玉了：你喜欢不喜欢我，我不在乎，婚姻决定权掌握在家长手里。从此，她便尽力“一边倒”，一心讨好家长们。不惜歪曲事实，说些违背本心的话，并且进而逐步做到环境中所有的人多对她产生好感；同时也敢于批评宝玉了。薛宝钗同贾宝玉关系的发展，就是由这三部曲组成，写出了他们关系一步步的发展。事物都在发展，写出事物或人物逐步的发展，而且明确地写出它发展的阶段及其主客观因由，充分显示出现实主义创作极为高明之处。欣赏《红楼梦》的艺术，不着眼于这些地方，是欣赏不出什么名堂来的。我看了一些讲《红楼梦》艺术的文章，往往脱离内容，大讲技巧，讲得越详细，越把曹雪芹贬低了——仿佛大作家曹雪芹写了这么一大部《红楼梦》，就是耍技巧！仿佛艺术性、艺术的魅力就是技巧！这扣个帽子就叫做搞形式主义。安徽老百姓有句话："自以为他的跟头打得好看，他却不知道自己没穿裤子。"不读思想内容，不联系思想内容谈技巧、手法，那就像没穿裤子打跟头！

第二十八回收到元春的端午节礼，薛宝钗的表现也不像个封建淑女。红麝串只有她同贾宝玉两个才有，别人都没有。这意味着什么？她们这些姑娘对这个问题无疑都是非常敏感的。她假如是个真正的封建淑女，在这种情况下，一定要害羞，不好意思，即便对红麝串再喜欢，也会锁在箱子里，不肯拿出来，可薛宝钗却戴在腕子上到处跑。端午节天气热了，红麝串非珠非玉，主要是香料，带在腕上不是很舒服的，汗水一浸，腕子上就可能沾上红印子；而且书里又一再讲她平常不爱花儿粉儿，从来不爱打扮，现在热天竟然把红麝串戴起来，到处显示。这一反常的举动，其用意是很明显的。作者这样写，实际是有嘲弄她的意味。薛宝钗的金锁，作者也有点挖苦她的意思。说是个和尚给的，让她把这么个重甸甸、冷冰冰的东西挂在颈子上，冬天简直不好受。这些地方我看都是作者在开她玩笑，你平常不是不爱花儿粉儿，屋子也不陈设装饰，总是穿旧衣服吗，那你戴这个金锁干什么？这些地方显出了薛宝钗迫切的真实意图。戚本第八回目作“比通灵金莺微露意”，说莺儿把自己的真意露出来了。曹雪芹大概觉得这样写太露骨了，所以把这个回目改得含蓄一些了。

对薛宝钗滴翠亭扑蝶一节，也有各种不同的理解。认为薛宝钗是封建淑女的论者，极力为她掩饰、辩解，说她扑蝶时所说所为并没有坏心眼——嫁祸于林黛玉。到底怎样，应该仔细看看书上是怎样描写的。那天是芒种节，为了祭饯花神，大家一早都到园里玩耍。薛宝钗一看贾宝玉和林黛玉都没来，就到潇湘馆去找林黛玉。看到贾宝玉先进去了，她怕讨没趣，就不好再进去了。返身往回走，就扑蝴蝶，被蝴蝶引到滴翠亭旁，听到小红跟坠儿在亭子里头谈手帕子的事情——贾芸跟小红搞恋爱，送小红一块手帕子——一时里，她就用了一条“金蝉脱壳”之计，装模作样地喊：“颦儿，我看你往哪里藏！”还故意跑进亭子里去，东找西找，一面说一面走，自己心里又自觉好笑。她全是在表演作假嘛。她明明在作假，干什么替她辩护？只因她到潇湘馆去，看到贾宝玉进去了，心里不是滋味。在这样一种隐微情绪支配之下，碰到小红的密谈，就自然地如此这般地表演出来了。这实际不是对林黛玉使的一手吗？

第二十九回清虚观打醮，贾母忽然要张道士给贾宝玉说亲。贾母这话使两个人受到打击：一个是在热恋中的林黛玉，回来跟贾宝玉吵得最凶，贾宝玉把玉都砸了；还有一个是薛宝钗，她刚刚得到元妃送的同贾宝玉一样的节礼，本以为她同贾宝玉的关系已经有了眉目，怎么忽又要另给提亲？这对她的打击太大了，所以遇事不免失态。人们都说薛宝钗脾气好，稳重和平，从来不动肝火，其实那是在她未遇挫折的时候。此时心情不同平常，听到贾宝玉说了一句玩笑话，就一反常态，抑制不住心中的怒火，借着小丫头靛儿找扇子的由头，发了脾气，把贾宝玉抢白了一顿。《红楼梦》在艺术表现上很重要的一点，就是写人物的情绪，写人物的内心活动，用现在的话讲，即写到人物潜在的意识活动，不太明确，但有迹可寻。一个人在某种情绪支配之下，就讲某种话，做出某种表现。对薛宝钗一些行动表现的描写，也属此例。

到第五十七回“情辞试莽玉”，对薛家的打击就更大。薛姨妈住到潇湘馆去，看来这是王夫人的主意，也是最狠的一手。王夫人最讨厌林黛玉，她骂晴雯的那些话就是骂林黛玉的。这透漏出王夫人与贾母婆媳之间矛盾很大。

薛宝钗尽全力做周围所有的人的工作，也包括林黛玉，搞得上下一片称赞，上自家长，下至奴仆，无人不喜欢她。有些大学生讨论薛宝钗，认为她群众关系好，说话又稳重和平，若在今天，可以入青年团了。不把一个人的举止行为摆在一定历史背景里来考察，离开一定的时间、空间来评论事物，必定是得不到正确的评论的。冬天嘛，皮袄好；夏天嘛，汗背心好，这就是不能离开一定的时间条件来评论事物。评论薛宝钗也应该如此。看人不能看表面，要看实质。

对林黛玉、对薛宝钗的分析评论，都应该深入一步，透过表面，看到实质。都说林黛玉尖刻，器量狭小，好发脾气。其实，她并不是一个疙里疙瘩只闹别扭的人。她跟薛宝钗完全两样：薛宝钗所迫切需要的——权势、富贵、门第，而这些正是使林黛玉受到压抑、最起反感的。她看到荣国府里的人多是势利眼，她年纪虽小，对此却极为敏感。她从林如海死了以后，同香菱一样，成了一个一无所有的孤女，与香菱稍有不同的是有个外祖母——贾母。外祖母年纪老迈了，许多地方照顾不到。所以，林黛玉处在这么一个人事关系复杂的环境里，时时刻刻警惕着，生怕人家侮辱她，瞧不起她，损害她，她要维护自己的尊严和身份哪！这样，就不免要引起她同周围环境，包括同贾宝玉之间的矛盾。可是，到了三十二回“诉肺腑”以后，她确知拿到了贾宝玉赤诚的心，获得他爱情的保证，就再也没发过脾气，对谁都很柔顺，对谁都和平得很。而且，同贾宝玉的矛盾解决以后，同薛宝钗也言归于好，以敌为友了。这时，她迫切需要人们的支持，希望能有个长辈来主持自己的问题。所以，她情不自禁地总想起父亲、母亲。父母生日她买了东西来祭祀，把眼睛都哭红了。这些，在书中同样是作为一种意识活动、情绪活动来描写的。

林黛玉常说自己身体不好，总睡不着，又咳嗽。薛宝钗也多次对林黛玉说，你的身体是不大好。作者这样写了以后，马上又写贾宝玉来了，见面就说黛玉今天的气色非常之好。我们设身处地想想，薛宝钗搞这一手，对有病的林黛玉的心里会产生什么影响？于是随之又送燕窝给林黛玉，说你身体这么坏，只有每天吃燕窝才行。表面看来，薛宝钗对林黛玉多好啊！可是，这是最狠的一招，林黛玉住在外婆家——豪门国公府里，要你一个外戚来供她吃燕窝？这把贾府置于何地？燕窝又贵得不得了，要每天吃，这笔开支太大了，贾府财政这时已经很窘迫了，贾母的金银器具都也拿出典卖了。薛宝钗这一手，是好意还是恶意？动机和效果要联系起来看嘛。看书中关于此事的几笔描写，紫鹃和宝玉都严重关注，显得很为难，很尴尬，最后还是宝玉勉强去告求贾母每日给黛玉送燕窝才算了事。

黛玉葬花（唱片封套）

宝玉踏雪

宝玉促狭

宝钗扑蝶

湘云醉眠

憨湘云醉眠芍药裀（1978）

宴乐（1981）

李纨幽居

## 第三次发言

（1988年5月30日）

接着上次的发言来谈。

上次讲《金瓶梅》最大的贡献就是塑造了西门庆这个形象，这是中国封建社会末期产生的一个富有社会历史意义的典型人物。中国封建社会，像汉唐和两宋，凡是主持国政的大臣，在皇帝面前都有发言权。他们所秉持的在不同程度上都属于儒家政治思想体系，要求皇帝亲政爱民，要克制自己，为老百姓减少痛苦，以巩固自己的封建统治，就是所谓“治国平天下”。一直到明代初叶三杨乃至成化年间主政者都是孔孟之徒，仍属儒家政治思想体系。到了明中叶以后，商品经济发展，突破小农经济制度，原来被歧视、被鄙视、被轻视的富商阶层，变成了地主，而且抓政治势力。在中国这样一个没有法制，只有人治传统的统治之下，他们必然要走上这条路子。比方说，有人在北京开饭馆，开绸缎店，或是做什么买卖，发了财，有了钱，就买地。因为那时候国家没有法制保护他们的权益，遇到权力者，遇到任何一个坏蛋，就可以把他们的铺子砸掉，就像西门庆砸蒋竹山的药铺一样。因此，他们有了钱，就不能安心只做商人，必定要买土地。土地最牢靠，抢不走，也烧不掉。所以，商人有了钱，必然成为地主，有了土地，没有政治势力卫护，农业也无法进行，水、路都会被人挖掉，粮食也可以被人搞走。因此，中国商人买了土地变成地主以后，为了保护财产，必须有权势，必须要做官。最初，总是投靠一个有政治势力的封建官僚；同时，又极力培养自己的子弟，读书考科举，走上仕途，做官当权。明清以后，尤其在清代，这种情况最普遍。秦汉之时也曾有“官商”，但其性质与此时不同。一个大官僚，他家里必定做生意，做买卖；也没有一个官不是地主的，官儿都是地主阶级。这由来已久，唐宋以前或以后的大官都是地主，他们被罢官或致仕以后，就回家当地主，生活不会发生问题。

到明中叶以后，官僚、地主、商人三位一体，成为中国封建社会末期的封建专制制度的主要人物。那些大官僚像刘瑾、严嵩、和珅等都拥有大量的商品，如胡椒、绸缎之类。这是中国封建社会末期政治上所具有的特色，与欧洲各国的情况很不相同。欧洲的商品经济，商业资本主义，经过资金积累，就可以发展工业资本主义。中国是办不到的。中国在像西门庆这类人的市侩主义统治下，他们做生意，赚大钱；做官，挖民脂民膏。无官不贪，无吏不污。中国封建社会末期，真正的统治权力就是掌握在西门庆这类市侩主义者手里，他们暗中明中做许多坏事，表面又做一些好事，标榜着封建伦理道德，这种现象在明清笔记里多有反映。一般所谓“旧家”人家，善良的知识分子，和老百姓一样，对这种市侩主义分子深恶痛绝，对这种人非常敏感，提到他们就十分厌恶，总是嘲笑他们没文化，开当铺，放高利贷，称为“暴发户”。中国封建社会末期，直到辛亥革命以后，真正的统治权都是掌握在这种市侩主义者手里。各地的军阀没有一个不做大生意的。山西的阎锡山、山东的张宗昌、江苏的孙传芳，都做买卖，而且无恶不作。他们没有什么伦理观念、道义观念；只讲究实利，抓权，抓钱，从没想过替国家、替社会、替老百姓做一点好事情。从地方军阀到蒋介石都是这种人。慈禧太后也是个极大的市侩主义者，她卖国害民，什么坏事情都做得出来，把封建的一套规章制度、纲纪国法全都扔掉，目的就是要抓权，把国家搞得一塌糊涂，割地赔款，屈辱苟安，搞得国是日非，民不聊生。

《红楼梦》里的贾政，是个正统的儒者，他不是市侩，贾母也是旧式的封建主，他们对新的生活现实没有办法应付，遇事招架不住，只有王熙凤才行。王熙凤正是个市侩主义者，什么孝道、贤德全都不讲，把丈夫也踩在脚底下，抓得紧紧的。丈夫另外搞女人，她就同他大闹；她自己在男女关系上却乱七八糟。这在《红楼梦》里写得比较含蓄隐晦，年轻人没有生活经验，不大容易看得出来。王熙凤的娘家是做外事和外贸工作的，王子腾、薛姨妈都是一丘之貉。

自有《红楼梦》，读者就有两派——拥林派，拥薛派。现在又多了一派——“两个第一”派。我不能算是拥林派，或反薛派。我是体会《红楼梦》作者曹雪芹的爱憎褒贬，书中怎样写的，想给以实事求是的分析评论。要叫我“拥”的话，我看两个年轻的姑娘都有些好处，她们都有值得称道和大可同情的地方。她们同是封建制度的牺牲者，即同在“薄命司”，就这个意义上讲，我可以也算是“两个第一”派。但我体会在曹雪芹的笔下，他在同情她们的同时又有自己的爱憎褒贬倾向的。读《红楼梦》，要仔细体会那些情节和场面的具体描写。

《红楼梦》里的描写就像一座冰山，很小部分露在水面上，大部分沉在水底下。这是我从当代小说作家郑万隆跟前学来的说法，他说他的作品采用过这样的手法。《红楼梦》写出来的如同冰山露在水面上的那一些，另一部分内容没有明写出来，需要读者把书中描写到的联系起来进行思索。邢夫人和王熙凤、贾母和邢夫人、王夫人和婆媳之间的矛盾非常之大，但书中并未正面明写出来。

按照封建宗法制度，本来贾府应该长子贾赦当家，邢夫人主持家政，可贾母不喜欢老大，便叫老二贾政当家，王夫人主持家政，大儿媳妇邢夫人靠边站。贾母有她的一套当家长的经验，也为了调和邢王之间的矛盾，也为了王熙凤有办事能力、讨她喜欢，她巧妙地把邢夫人的儿媳妇王熙凤（王夫人的内侄女）拉来跟王夫人一道管家。贾母以为这一手来得很漂亮，结果矛盾就更大，这在抄检大观园事件中集中强烈地反映出来。另外，王夫人同贾母之间的矛盾也非常之严重，但也是藏在“水”底下，没有直接写出来，这主要表现在对待林黛玉的态度上。王夫人绝对看不惯林黛玉那样的人，要她配给贾宝玉，做儿媳妇，王夫人怎么也不能接受。因为林黛玉是贾母最心爱的外孙女儿，她不能直接骂，而是通过别的方面，把对林黛玉的厌恶痛恨表现出来。所以，读《红楼梦》，如果不深入进去，不把书中描写的许多相关情节场面联系起来，加以具体考察，是无法看到那些大量潜在内容的。

上面讲过，儒家正统派像贾政、贾母，在新的生活现实面前无法应付，无法招架，只有市侩主义者王熙凤才能维持局面。但王熙凤由于错综复杂的内部矛盾，搞得她心力交瘁，病倒了，病得很严重。由哪个来接班呢？接班人问题是贾府这个贵族家庭所面临的一个最严重的问题。这在第二回“冷子兴演说荣国府”里就郑重提出来了。冷子兴提出两点：一个是经济危机，肆意挥霍摆阔，入不敷出，外面的架子没倒，内囊已经空虚；另一个“更为”严重的问题，就是子孙一代不如一代，后继无人。这么一个大贵之家，后继无人，怎么不是非常之严重的事态？长得像样一点，品格又合适的，只有一个贾宝玉。可贾宝玉坚决不肯走封建正统这条路。另一方面就是财政问题，也是极为严重的。这两方面严重的局势，最后迫使贾府的家长在贾宝玉婚姻对象的选择上，只能丢黛取钗。这是不以任何个人意愿为转移的客观形势决定的，也是贾宝玉爱情婚姻必然要成为悲剧的深刻的社会历史背景。悲剧的根源在客观现实形势，而不是由于任何个人的原因，这是前八十回书中的描写宣示给我们的。

关于贾宝玉爱情婚姻问题，《红楼梦》确实写了“木石姻缘”跟“金玉良缘”的矛盾，写了双方在婚姻爱情问题上的争夺，这是有非常深刻的社会历史意义的。贾宝玉同林黛玉的关系代表的是一代人——受封建势力压迫的青年男女，尤其是女孩子们——的幸福问题。他们代表了一条路线：要求自由恋爱，自由选择自己的婚姻对象，以取得自己未来的幸福，掌握自己的命运，这是一条反映了初步民主主义思想要求的路线。薛宝钗要的是宝二奶奶的宝座，走的是封建主义道路。她虽然很年轻，因为是生长在皇商家庭，所受的教育是讲实利的，她没有什么别的理想。她的诗尽管文辞不错，但内心也是讲实利的。所以，《红楼梦》确实表现了贾宝玉爱情婚姻问题上两条道路的斗争。

那么，这个爱情婚姻悲剧到底怎样产生的呢？《红楼梦》充分地描写广阔的社会环境，从而揭示出这个悲剧产生的深刻背景。

三十二回诉肺腑以后，宝黛的矛盾解决了，作者就不大再着重直接写宝黛间的关系了，但有关的情节场面的描写还是有的。其中最重要的我提两点：一是五十三、五十四回盛大的家宴，贾母命宝玉给众姐妹斟酒，各人先喝干杯之酒再另斟酒，独至黛玉，黛玉却把一杯剩酒送至宝玉唇边，请宝玉喝了，此是一大失态，令贾母十分不悦；二是五十六回情辞试莽玉，无异把宝黛关系推到家长面前，而得到贾母的承认。这给宝钗一个最严重的打击，因此有“爱语慰痴颦”的一幕恶劣表演。

此外用大量的篇幅写环境，写环境里的斗争。这个环境里的斗争写得非常的深入，生动，值得我们好好研究。简要地讲，《红楼梦》三十二回以后对环境的描写，主要写了四个方面。

第一，写贾府的内部矛盾。以抄检大观园为主，揭示邢夫人同王夫人之间的深刻矛盾；其中又交织着两对婆媳之间的矛盾——贾母同王夫人、邢夫人同王熙凤的矛盾。这是统治阶级内部矛盾。这些矛盾把王熙凤搞得焦头烂额，站不住脚了，身心交瘁，垮下来了，不得已把三小姐探春推出来理家。过去不论是一般百姓之家，或是上层贵族之家，没有姑娘当家理事的。探春理家，又弄来个薛宝钗协助她，这是谁的主意？当然是王夫人的，而非贾母的。内部矛盾的结果，是统治无人，男的都不行，只有女的出来治家理事。整部《红楼梦》一开始就是写女人当家。女人当家是封建社会没落时期一个最为严重的现象，所谓"牝鸡司晨，惟家之索"。一个家庭女人当政，取代男人，那就意味着这个封建家族后继无人，已趋没落。所以，过去母鸡打鸣就要杀掉它。

充分写内部矛盾，提出谁当家的问题，谁来继承这个贵族之家的治理问题。这是贾府所面临的一个严重问题。

第二，写对抗性矛盾。王熙凤无法治理家政，垮了台了。老太妃死了，家长都去皇陵守孝，家里就闹得一塌糊涂，不成体统，到处生事。十二个小女戏子联合起来打群架，围攻赵姨娘。平儿当家，一天不知发生多少案件，按下葫芦瓢起来——都造起反来了。这些都是当时社会矛盾在贾府的反映。东南地区，运河沿岸等商品经济发达的地方，市民联合起来打群架，打太监。太监都是朝廷放下来进行搜刮的，市民们就对他们闹暴动。

第三，写经济危机越来越严重，穷得难乎为继，把贾母的金银器皿都偷出来卖了，自鸣钟也卖了。自家里挥霍浪费，开销很大；宫廷里太监来敲诈，也得应付。

第四，写后继无人。这个环境里没有人能持家理事，哪个能接替王熙凤把这个贵族之家维持下去呢？贾宝玉的人生道路问题，婚姻对象的选择问题，势必要提到贾府家长的议事日程上来。

关于荣国府这个贵族之家面临的形势或社会形势在前八十回提出这四个问题，但曹雪芹没能写下去。所以，我们看前八十回，关于贾宝玉的爱情和婚姻问题没有结论。贾母一直没有肯定的表态，仍举棋未定。这说明两种势力——初步民主主义力量和封建主义力量——在僵持着，谁也没能压倒谁。

过去，在一个贵族家庭得宠的公子，倘若他真的爱上一个女子，非要跟她结婚不可，换个别人，他就要自杀或别的方法来进行要挟，家长也不是绝对不妥协，也有答应他的要求的。但是，贾府则不能允许——这是由贾府所面临的总体局势决定的。贾府家长如果允许贾宝玉同林黛玉结婚，环境提出来的那些问题，林黛玉一个也解决不了，只有薛宝钗才能恰当其任。就是说，客观形势要求封建势力必须选择薛宝钗，这是一个方面。另一个方面，过去也有这种情况：一个大家公子爱上一个女的，非同她结婚不可，可家长不同意，施加压力，于是他不得不向家庭屈服。家长替你定的老婆你不愿意，你尽可以用讨小老婆来补偿嘛，贾府哪个不是三妻四妾的？可是，贾宝玉却怎么也不能放弃林黛玉，因为贾宝玉同林黛玉的关系有一套共同的思想做基础，而这套思想是受以完全处于被压迫地位的女孩子为主的初步民主主义思想长期影响而培养起来的。贾宝玉的灵魂深处浸透了这个新兴社会力量的影响，他与这些人是分不开的。所以，贾宝玉挨了打以后，林黛玉劝他说："你改了吧。"他说，我就是为这些人死了也心甘情愿。这就是说，贾宝玉那套思想都是从她（他）们那里来的，她（他）们是贾宝玉思想性格的社会基础。所以，贾宝玉也绝对不可能向家庭——封建势力妥协。这就是宝黛钗爱情婚姻悲剧中必然要出现的深刻的环境原因。

总之，我是说，《红楼梦》主要是写贾宝玉的爱情与婚姻悲剧。两方面的悲剧：薛宝钗所遭遇的也是个悲剧。有人以为写爱情婚姻问题，没有多大意义，一定要说是写的四大家族的垮台。其实，爱情婚姻问题是社会的重要问题，婚姻制度是封建制度的重要环节。

《红楼梦》写的爱情婚姻问题，正深刻地反映了当时时代社会那种主要对抗势力的矛盾斗争。写四大家族衰落的说法是站不住脚的。书中明明只写了贾、薛两家，王家只写了王夫人等三位，主要的王子腾家根本未写到，他家有些什么人我们都不知道。史家呢，只有贾母和史湘云。史湘云家里情况我们完全不明白：她家境很不好，这个天真可爱的姑娘做针线很辛苦劳累，可贾母并未帮助她什么，说什么“一荣俱荣”的话，都对不上号。“护官符”的四句话，恐怕是过去的旧话，拿到当前来讲，就不落实了。

很抱歉！我讲得啰嗦。虽然占了大家很多宝贵的时间，可许多问题还没有讲清楚。只可能就此打住。谢谢！

（刊《红楼梦学刊》1989年第1辑）

# 论贾宝玉典型形象

## 一

《红楼梦》写了一个恋爱不能自由、婚姻不能自主的悲剧，就是贾宝玉和林黛玉、薛宝钗的恋爱、婚姻的悲剧。这是《红楼梦》悲剧的中心事件。

作者处理这个故事，跟我国过去任何关于恋爱或婚姻问题的作品不同。《红楼梦》的特点是，它写出了这个悲剧发生和发展的复杂细致的现实内容，写出了造成这个悲剧的全面的深刻的社会根源。这就是，一方面，作者不是简单地或表面地了解贾、林、薛的婚姻事件，而是从悲剧主人公的思想性格上来看那内在深处的真相，从日常生活活动中来看那多方面的内心精神的关系的；另一方面，作者不是把问题局限在本身的范围里面，使之和所在的环境绝缘，而是围绕着这个中心事件，同时铺开了一个由无数有关人物构成的极其广阔的社会生活环境，亦即同时描写了这个步步走向崩溃的贵族统治阶级社会的真实内幕。总之，作者是努力从人物性格和生活环境的极其复杂深邃的关联和发展上来连根地“和盘托出”这个悲剧的。

古今中外的文学，还少见这样一部作品，它展开这样广阔的一个生活环境，从多方面具有重大意义的矛盾斗争中，从无比地错综着的人与人的关系上，如此充分地来描写人物性格和事件发展。《红楼梦》现实主义艺术高度的思想倾向性和它的宏大的结构，首先就是产生于作者这种深和广的对生活的认识能力和爱憎感情上面。

我们知道，现实主义艺术无不以从生活中塑造真实的人物形象为能事，无不以塑造具有丰富深刻的现实内容和巨大艺术感染力量的人物形象为能事。作品中写的场面、情节和无论什么事物与琐细节目，离开了人物形象的塑造，就失去了意义。作品的思想主题，社会和历史的特征内容，也总是从人物形象表现和反映出来。

因此，我们研究《红楼梦》这样一部伟大的古典现实主义作品的内容，正应该从人物形象的研究着手。研究众多人物主次从属的关系，研究众多人物形象的特征，研究众多人物在矛盾斗争中的地位和彼此间的关系，研究人物性格的形成和发展，研究作者在处理上所表现的态度或爱憎感情等等。只有这样的来作研究，才能了解作品的思想内容和他所反映的现实意义。

但是有些《红楼梦》研究者往往抛开人物形象，从书中摘取一些枝节的事项和节目，来论断作品反映了怎样的思想，提出了怎样的问题。还有不少这样的例子，比如列举大观园里一顿酒饭花了多少银子，乌庄头送来多少什么地租，诸如此类，以证明贾家生活的奢侈，如何剥削农民，和说明了什么性质的历史或经济问题，等等。

若是一部《红楼梦》只提供了这样一些干瘪的事实和数字，那它有什么价值？作为死的历史资料看，许多文献尽有更为翔实、更为精确的记载，《红楼梦》和一切文学作品都远不能及。《红楼梦》的伟大与不朽之处，是在它以无比丰富的活生生的艺术形象，真实具体地反映了社会和历史的内容。在这一点上，任何历史记载都不能和它比拟。

凡是阉割了艺术的生命，抹杀了文学作品的特点，那方法都是错误的。

如前所述，《红楼梦》以贾宝玉和林黛玉、薛宝钗的恋爱和婚姻问题为中心事件，整个《红楼梦》悲剧都以这三个人物为中心。而贾宝玉在三个中心人物中又居于主要的地位，并且全书所有各类人物都是围绕着他作为一个完整的典型社会生活环境而展开的。因此，在阐论《红楼梦》现实主义艺术的思想倾向性这个总题目里，首先试从贾宝玉的典型形象着手。

## 二

贾宝玉这个艺术典型一如现实中的人一样，他的思想性格，是他的生活环境中多方面复杂的条件和因素，在他的具体遭遇和经历里，给予影响，发生作用，而于不知不觉中形成起来的。《红楼梦》描写贾宝玉性格的特点，同时充分地描写了造成他的性格的生活环境和他的具体境遇的各方面特点，使我们信服地看出来，贾宝玉的独特的性格，完全是一个必然的存在。

关于《红楼梦》的典型社会环境，这里不做全面和具体的分析；这里只能就形成贾宝玉性格的现实条件方面，简括地说明几点。

我们都知道贾宝玉生长在一个腐朽衰败的"侯门公府"的封建贵族大家庭的社会环境里。这个环境，在中国封建社会——尤其末期，作为上层统治阶级社会看，具有丰富的典型特征和意义。

在当时，官僚地主家庭一般都逃不出一个常例，即所谓“五世而斩”。意思是，这种家庭的所谓“荣华富贵”，无法长久持续下去；传了几代，就衰败没落，据说不出五代也就往往垮台了。这是封建社会统治阶级的本质所规定，归纳了无数实例而得出来的一种认识。

《红楼梦》所写的贾家也是这样。开头第二回“冷子兴演说荣国府”，先就借着冷子兴和贾雨村的谈话，扼要地介绍了贾家荣宁两宅的这种形势，并且指出那萧索衰败的征象：一是“人口日多，事务日繁，主仆上下都是安富尊荣，运筹谋画的竟无一个。那日用排场又不能将就省俭。如今外面的架子虽没很倒，内囊却也尽上来了”。二是“更有一件大事：谁知这样钟鸣鼎食的人家儿，如今养的儿孙竟一代不如一代了。”跟着就叙说贾家的世代，说出富贵家庭趋于衰败的必然发展过程和具体现象。

冷子兴说的第二点，即养的儿孙一代不如一代，被认为是一件大事。强调指出这种“势所必至”的现象，是必要的，这是笼罩全书具体描写，有重要意义的一点。因为封建社会是以男性为中心建立它的统治权力的，儿孙的腐朽无能，在这种统治阶级家族是“理有固然”的，也是最严重的现象。比较起来，“内囊尽上来”倒是小事了。我们看贾家两宅的老爷少爷们，实在没有一个不是腐朽无能的。他们虽然各有不同的面目，但共同的特点是不管事，不负责，没脑筋，没识见，荒淫无耻，作恶多端，精神堕落，道德败坏。贾政算是他们之中的一面旗帜，但是他的毫无办法和极端庸陋，从他管教子侄、结交门客和言谈治事等等方面可以看出来。

其实不止贾家如此，《红楼梦》写到的整个统治阶级的社会，这一趋势是相同的。

和男性的腐朽无能相应而生的一个特征现象，就是妇女的掌握权柄。就封建社会——尤其统治阶级社会说，妇女当权，是常常不可免的，但同时也是纪纲毁堕的严重现象。他们的格言说，“牝鸡司晨，唯家之索”。所以母鸡打鸣，就要杀它；母鸡跳上了灶，就看作很不吉利的事。这些在我们今日看来觉得极为愚蠢可笑的意识，其实都反映了封建社会统治权力的特点。因为妇女在这个社会制度里是被当作奴隶看待的，她们没有独立的人格，没有自主之权，只应该遵守“三从四德”的教训，服从夫权和父权；祖母也须尊从儿子的权位，体察儿子的意旨，以襄助教育和家庭大事（所谓“女主内”，应该是指日常家务和操作，并非指家庭大事的主权而言）。《红楼梦》里的贾家（其实不止贾家），却一反其道，原应居于被统治地位的妇女，却掌握了家庭中的一切大权。大势所趋，这个封建阶级大家庭就陷于他们的制度所忌讳的所谓“牝鸡司晨”的局面。

书中具体描写出来的，贾家治家教子的等等的大权是握在贾母的手里。这个“老祖宗”，被全家上下尊崇为思想领导的最高权威。而凤姐，心目中无视公婆和丈夫，一心向“老祖宗”献好讨喜欢，于是攫取了总理全家事务的实际大权。

第三十三回贾政毒打宝玉，贾母走来，和儿子发生尖锐的冲突。贾母满心震怒，用种种讽刺和挖苦的话斥责了贾政。贾政忙叩头说：“母亲如此说，儿子无立足之地了！”贾母冷笑道：“你分明使我无立足之地，你反说起你来？”这里母子间所争的是关于教育方面的家庭大权。贾政说：“儿子管他为的是光宗耀祖。”按封建社会的“道理”说，讲孝道和尊从父权是并存而不相犯的，即贾政应该对贾母孝敬，以尽“子职”，贾母也应该支持和遵从贾政的“父职”，不当夺了他管教儿子的权威。但贾母不管这些。争执的结果，儿子只好服从了母亲，并且“直挺挺跪着，叩头谢罪”，真心自悔“不该下毒手打到如此地步”。

第二十四回写贾芸谋差事。贾芹、贾蔷求事，直接找了凤姐，很快就成；贾芸不知底细，找了贾琏，就走错了道路。但贾芸机敏乖巧，看到风势不对，立刻纠正，设法买了冰片麝香去求凤姐，当天就得到管理园中种花木的事。贾芸说：“求叔叔的事，婶娘别提，我这里正后悔呢。早知这样，我一起头儿就求婶娘，这会子也早完了。谁承望叔叔竟不能的！”又说：“我倒要把叔叔搁开，少不得求婶娘。”凤姐冷笑道：“你要拣远道儿走么！早告诉我一声儿，多大点子事，还值的耽误到这会子！……早说不早完了？”这里凤姐打下自己的丈夫，把家里任何一点权力都揽到手。

封建社会末期，统治阶级对于子弟的教育已经完全破产。封建礼教本是违反人性，先天的不合理的，到此时更显出虚伪和罪恶。为使子弟循规蹈矩，自必只有倒行逆施。古代所提倡的一套“以身作则”和“循循善诱”的教育原则，都谈不上了，野蛮的打和骂，成为他们使子弟“就范”的唯一方法。

第九、第十七、第三十三等各回，多次描写了贾政和宝玉的父子间的关系形态，一方面是辱骂和毒打，一方面像怕老虎。尤其在“大观园试才题对额”一回，作者着力描写了贾政这一封建典范人物和他左右的门客们头脑的愚蠢、心思的干枯和学养品格的迂腐卑劣；而贾宝玉一个“不喜读书”的少年，却那样才华横溢，思想清新活泼：两方成为明显的对照。贾政对宝玉的题词和议论，心里不能不欣赏，口里却无理地一口一声辱骂他“畜生”和“蠢物”，这样的“父范”和教子的态度，怎么能够叫贾宝玉亲他、敬他，接受他的影响和教育？显然是不能够的。作为旗帜人物的父亲尚且是这样，贾宝玉的伯父和兄长，如贾赦、贾珍、贾琏之流，就不必去说了。

除了父兄的榜样，应该还有学塾方面的教育。这个社会的学塾情形，第九回里作了具有特征意义的集中的暴露。师生和学童彼此间风气的腐朽败坏，完全是这个社会的投影。

更为重要的，是贾母这个利己享乐主义者对于孙儿的庇护和娇纵。

贾宝玉自幼受祖母溺爱，在祖母这边屋里居住，“和姐妹们一处娇养惯了的”，“无人敢管”（见第三回）。贾政来叫，贾宝玉吓得“死也不敢去”。贾母就说：“好宝贝，你只管去。有我呢，他不敢委屈了你。”又吩咐老嬷嬷，“好生带了去，别叫他老子唬着他”（见第二十三回）。又当着贾政的面骂赵姨娘等人，“都是你们素日调唆着逼他念书写字，把胆子唬破了，见了他老子，就像避猫鼠儿一样……我饶那一个！”（见第二十五回）。甚至把男孩子受一切封建社会生活教育的机会也给挡开。贾宝玉挨打后，贾母因怕将来贾政又叫他，就把贾政的亲随小厮头儿唤来吩咐：“以后倘有会人待客诸样的事，你老爷要叫宝玉，你不用上来传话。就回他说，我说的，一则打重了，得着实将养几个月才走得；二则他的星宿不利，祭了星，不见外人，过了八月才许出门。”并把这话告诉宝玉，叫他放心。从此宝玉“不但亲戚朋友一概杜绝，连家中晨昏定省，都随他便了”（皆见第三十六回）。

贾宝玉在十二三岁时受他的贵妃姐姐贾元春之命（也是体贴贾母的意思），随同众姊妹搬到大观园里去住。这在宝玉的现实社会里是一个非常独特的自由环境，使他得到机会和封建秩序进一步隔离开来。于是，他在另一种与封建主义范畴相背的生活方式和日常活动中（包括和林黛玉和薛宝钗的关系的发展）去发展自己的思想与性格。

第四十八回里赖嬷嬷指着宝玉说：“不怕你嫌我：如今老爷不过这么管你一管，老太太就护在里头。当日老爷小时，你爷爷那个打，谁没看见的？老爷小时，何曾像你这么天不怕地不怕的？还有那边大老爷，虽然淘气，也没像你这扎窝子的样儿，也是天天打。还有东府里你珍大哥哥的爷爷，那才是火上浇油的性子，说声恼了，什么儿子，竟是审贼！……”

第六十六回兴儿对尤三姐等谈到贾宝玉：“他长了这么大，独他没有上过正经学。我们家从祖宗直到二爷，谁不是学里的师老爷严严的管着念书？偏他不爱念书？是老太太的宝贝。老爷先还管，如今也不敢管了……”

赖嬷嬷和兴儿这番话，很好地概括了贾宝玉在受封建主义教育方面的特点。

## 三

由于这些特点，贾宝玉虽然生长在贵族统治阶级家庭里，但自幼并没有受到封建主义统治势力正常的熏陶教育。而在他的现实环境里，却有一个和罪恶腐败的统治势力鲜明地对照着的女孩子们的世界。

《红楼梦》的作者，一如贾宝玉对他的生活环境的看法，他把他所处理的社会现实从中画一条线，区分为两个相互对照的世界：一边是居于统治地位的罪恶腐败势力，一边则以居于被压迫被牺牲地位的女孩子们为主——不论她们的主观思想如何。

这些女孩子们，除了为数不多的姑娘们，绝大多数都是丫环们。贾家的丫环有两种：一种是所谓“家生子儿”，如鸳鸯和小红；一种是买来的，如袭人和晴雯。另外还有唱戏的女孩儿，是从苏州采买来的贫家女孩子，如芳官、龄官等。她们所受封建统治阶级的影响当然各有深浅，思想品格也各有不同，但在客观上都是处于被奴役和被蹂躏的地位，都各有一番辛酸悲苦、混和着血与泪的身世经历，还各有一个惨淡的未来运命等在前面：这方面她们是完全共同的。

贾宝玉实际就是在这些以丫环们为主的女孩子群里长大的。其中许多女孩子服侍他，看护他，各以一颗纯真的心围绕着他，倾注着他。贾宝玉自幼不止在生活上跟她们亲密，精神内心里也是亲爱着她们的。

作者特意为我们描写了跟贾宝玉生活上最密切的袭人的家庭和她的身世。袭人在思想品格上当然是书中的一个反面人物，但是她境遇的悲苦则和别的丫环有相同的一面，这也不可抹煞。她家是城市贫民，一家饿得没饭吃，几两银子把她卖给了贾家。

和袭人思想品格相对立的是被称为贾宝玉的“第一等人”的晴雯。她十岁上被人买来，孝敬了贾母。她的父母亲人都没了，只有个姑舅哥哥在贾家后门外居住，伺候园中买办杂差。

贾宝玉亲近的还有贾母的丫环鸳鸯。她的父亲在南京为贾家看屋子，得了痰迷的病，人事不知，娘死了也不能回去守孝，哥嫂都在贾家做奴仆。这是贾家所谓“根生土长”的丫环。

所有这些女孩子，一般都有她们真挚纯洁、自由不羁的一面。像那些唱戏的女孩子们，都是些豪爽坦率、慷慨好义的小英雄。比如派给怡红院和贾宝玉发生了亲密友谊的芳官，那种勇敢无畏、豪迈开朗的性格，好像从来就没有受过封建礼教的拘检一样。她受了干妈的不平待遇，立刻抗争；她横遭赵姨娘的欺侮，别的小英雄就义愤填胸，一窝蜂跑去找赵姨娘对打（见第五十八回）。

另外，为贾宝玉所亲近，引为知心朋友的，还有外边的秦钟、柳湘莲和蒋玉函。他们有的身居贫贱，有的是没落了的旧家少年。贾宝玉在和他们的友情关系中自然要受到影响的。

这所说的影响，不只是指她们或他们的思想品格的本身，重要的还应该是她们或他们的社会存在。比如袭人，她屡次规劝贾宝玉走封建主义的道路，用阴柔的手段对贾宝玉进行无休止的斗争，但贾宝玉并没有在这些方面接受她的思想影响。可是她的社会存在，或者说她在社会关系上所处的地位、所遭的运命等等，总是不幸的，可悲的。因此她对贾宝玉的用心，仍然使他感动，从而蒙受巨大的积极影响。

在这种方面，不止贾宝玉精神上所亲近的众多丫环们给予他以巨大深刻的影响；这个社会所有的女孩子，包括那些姑娘们在内，也无不在日常耳鬓厮磨的亲密接触中，对贾宝玉性格的形成起着强力的积极作用。因为她们，在贾宝玉的直感生活里，和那以世俗男性为主的居于中心统治地位的势力，都在聪明和愚蠢，纯真和腐朽，洁净和污浊，天真和虚伪，善良和罪恶，美好和丑陋：每一点上都鲜明映照，尖锐对比着。

书中强调地写了贾宝玉的聪慧和早熟。以他这样感觉敏锐的小孩，在这两相对照的生活里耳濡目染着，很快就把事物的特征辨别体察出来，而在自己思想上形成强烈的倾向，感情上产生明确的爱憎，那是不难理解的。

我们知道阶级偏见不是天生的，而是在社会关系、在具体处境、在生活教育的不断的作用下形成起来的。旧社会有“赤子之心”的话，意思应该是说小孩入世不深，所受社会影响或阶级蒙蔽不大，因此能够有一些识辨是非、分别善恶的初步能力。当然，在剥削阶级的社会里，这种所谓“赤子之心”不能长久保持，等他对不合理的社会制度所造成的生活现象看惯了，尤其和他自身的实际利害结合起来了，那时他的敏感和纯真善良的心都会失掉的。

贾宝玉所以能够保持这种“赤子之心”，并且一步步和封建主义统治势力远离，成为自己阶级的叛逆者，而日益发展了他的进步思想，那原因，除了上面已经论到过的他所在的社会关系和具体生活境遇等等方面的特点和它们的总和而外，他的以上述条件为基础而产生的和林黛玉的恋爱关系的发展，以及步步逼来的在婚姻问题上、在整个生活道路问题上所遭受的封建主义势力的切身压迫，是不可忽视的重要原因。

关于贾宝玉的恋爱和婚姻的悲剧问题，当另文详论。这里应该指出他所亲爱与钟情的林黛玉和他俩的爱情关系，对他成长中的性格的巨大影响和重要意义。

我们知道林黛玉原是个衰落旧家的女儿，父亲死后，就成为一无所有、悲苦无依的孤女。她像小浮萍似的寄居在这个声势显赫的“公府”里，环境的势利与恶劣，使她自矜自重，警惕戒备使她孤高自许，目下无尘，使她用真率与锋芒对社会势力抵御、抗拒，以保卫自我的高超纯洁，免受轻贱和玷辱。这就形成她的性格与所在环境的矛盾对立。

在贾宝玉心目中，林黛玉的身世处境和内心品格，可以说突出地、集中地包括了生活环境里所有女孩子们一切使他感动、使他亲爱的客观与主观的特征。贾宝玉对女孩子们广泛的同情爱护之心，就是他对林黛玉发生发展其缠绵悱恻、生死不渝的爱情的根据。唯其林黛玉的性格具有极其广阔丰富的特征意义，所以他和林黛玉的相爱是以根深蒂固含有深刻社会内容的思想感情为基础的。

因此，林黛玉性格与所在环境的矛盾、他们的爱情关系与社会秩序的矛盾，就成为贾宝玉和封建主义势力永不妥协，成为他对自己本阶级叛逆到底，并且从而步步克服自身的劣点和弱点，日益发展他进步的新的思想性格的主要的支持力量或牵引力量。

另一方面，自古以来中国封建社会里面传统的人民性或民主性的文化思想，自然也给贾宝玉的性格以重大的影响。贾宝玉喜读诗词，喜读《庄子》，喜读《西厢记》和《牡丹亭》，就是具体的例子。

第二回里，当时尚未发迹的贾雨村对贾宝玉的性格有一番评论，提了一大串古人的名字，其中有许由、陶潜、阮籍、嵇康、卓文君等等，认为他们和贾宝玉都是易地皆同之人，称为清明灵秀之气，仁者之所秉，说他们往往成为情痴情种，逸士高人，断不为庸俗所制。这正是说的贾宝玉性格的传统因素。

但这方面因素，对贾宝玉性格的形成，不能居于决定性的主要地位。因为离开了上述种种社会现实的条件，这种传统因素是不能够起多大的重要作用的。

## 四

但是，贾宝玉的生活环境既是罪恶腐败的统治阶级社会，他在里面生长起来，就不可能入污泥而不染。许多贵家公子的恶劣习气和腐朽观念，最初贾宝玉也同样沾染了，和他的性格中的好的倾向并存着。但随着在生活环境中他所面对的重大事件给予的刺激和教育，随着他在参加现实斗争中精神上所受的挫折与打击，他的思想品格里一些腐朽恶劣的东西就慢慢减少了，消除了。

贾宝玉一如现实中的人，他的性格是不断发展着的。

贾宝玉在书中一被介绍出来，首先给我们的当然是一种与众不同的印象。他有许多清新自由的见解，有许多离奇与独特的性格，为他当时那个社会所不能理解；尤其是他关于女子的议论，和对于世俗的批评，都使人惊讶，认为大逆不道。王夫人称为“混世魔王”“孽根祸胎”。他思想性格里这些同世俗社会相抵触，跟封建秩序相违背的苗芽，都是在上面所论述的一些具体条件之下培养成的。但是与此同时，作为当时封建统治阶级家庭里一个宠儿，许多坏思想、坏习性，他也不可能没有。

比如，他幼年时常跟着凤姐到宁宅去玩，第五、第七、第十、第十一各回，屡次写他被凤姐带领着到“东府里”去。在秦可卿死前，书中很着力地描写宁宅。正如第五回太虚幻境“金陵十二钗”册子和“红楼梦”曲子里的话：“漫言不肖皆荣出，造衅开端实在宁”“箕裘颓堕皆从敬，家事消亡首罪宁”。宁宅是个荒淫无耻的魔窟，贾珍许多淫乱行为，凤姐一些暧昧关系，书中有种种隐约曲折的暗示。当然荣宅也不是没有这方面的事，但不如宁宅的厉害和显露，是事实。贾宝玉当时以一个小孩，经常习染在里面，自然就学会了腐朽。像第六回写的和袭人的苟且行为，第十五回写的和秦钟睡前说的胡话。

对于书中写的性行为，不能无区别地一律批判它。因为在当时那个社会环境里，有些两性关系可以看作自由爱情，具有反封建秩序的意义，如秦钟和智能的关系。但那不纯洁的、邪恶腐朽的行为，却不能承认它。贾宝玉在幼年时代有这种腐朽、邪恶的习性，这是不能掩饰和抹煞的。

可是贾宝玉的这些方面，经过秦可卿之死（见第十三回），经过秦钟之死（见第十六回）等等一连串事故的刺激以后，他渐渐有所警悟，思想起了变化。因为这些事故，都是腐朽的封建主义势力糟践女子，迫害人命，摧残自由爱情的极为罪恶的表现。与此同时，他所亲爱的林黛玉死了父亲，成为一个身世飘零的孤女，她开始更为执着、更为切挚地要求着他的情分；他又见到身为贵妃的姊姊归省时那种完全失去人伦天性、难于忍受的悲苦的内心生活。贾宝玉从这些阅历里面开始认识到了关于男女关系的严肃与玩弄、纯洁与腐朽、美好真挚与罪恶虚伪的区分。从此，他对女孩子有了进一步的尊重和同情，对两性关系开始显出了比较严肃的态度，对自己所在的社会表现出深一层的反感。更为明显的，是他对凤姐疏远起来了；到了宁宅，感到嫌厌，待不下去了。

第十九回写贾宝玉到宁宅看戏，“兄弟子侄，互为献酬；姊妹婢妾，共相笑语。独有宝玉，见那繁华热闹到如此不堪的田地，只略坐了一坐，便走往各处闲耍”。他显然感觉精神上的郁闷和孤寂，想到小书房里一轴美人“也自然是寂寞的，须得我去望慰他一回”，因而碰见茗烟和万儿的事，他对万儿流露了深切的关护，对两人的关系表示了由衷的同情。

第十六回一面写元春“封为凤藻宫尚书，加封贤德妃”，全家“莫不欢天喜地”，热闹非常；一面插写秦钟家里为智能恋爱私奔发生的惨剧：把这两个极端的事——皇家婚事和民间恋爱——拿来对比着。在荣宁两宅忙于谢恩庆贺，热闹得意的时候，贾宝玉却“置若罔闻”，“独他一个皆视有如无，毫不介意”，一心惦记着秦钟，跑去痛哭好友的惨死。这时贾宝玉在性爱或婚姻问题上划清的界限和表现的态度就明白起来了。

但贾宝玉有些行为却不能归入上面说的腐朽邪恶这类里面去。比如书中追叙他幼年时有过“吃胭脂”的事。我们知道他自小在女孩子们群里长大，所谓“七岁不同席”之类“男女之大防”的封建礼教观念，他是没有的。在当时这样一个年幼的孩子，这些只能说是对女孩子表示亲爱的行为，本身是天真无邪的。

我们在书中看到直接描写这事的有两次。第二十三回贾宝玉怀着紧张害怕的心情去见贾政，廊檐下站着丫环们，金钏儿对他说了一句“有才擦的胭脂吃不吃”的话。这分明是逗他、取笑他。所以彩云推开金钏儿说：“人家心里发虚，你还怄他！”第二十四回鸳鸯来传贾母的话，贾宝玉被袭人找回来，在等着换鞋的工夫，回头见鸳鸯作何打扮，是何面貌，就猴到她身上去亲热她，提到此事。这也应该看作贾宝玉不顾封建秩序违碍，对素日看顾他的女孩子（祖母的贴身丫环）表示亲爱的坦率纯真的行为。

贾宝玉一贯地被一种意识和情绪支配着：他对于在被糟践的运命笼罩之下的女孩子们，总抱着深切的爱护、亲热和体贴之心；因为比照起那些体现了封建主义统治势力罪恶的世俗男子来，她们从内心到外表都会显出耀人心目的纯洁、美丽和可亲可爱。

所以对贾宝玉跟女孩子们的关系，首先应该从他的思想性格和他所处的现实环境的关联与矛盾上，来了解那内在的社会意义。若一概看作性爱行为，那就掉进弗洛伊德精神分析方法的泥沼，必定得出离奇不经的论断。这并不是说，贾宝玉对于女孩子的感情完全没有性爱的因素，这种因素不免会有，但更具有重要意义并且主导着他那些行为活动的，却无疑是其中的社会内容，这是不容忽略的。

## 五

其次，贾宝玉对人一般温存和顺，合情合理，尤其对女孩子们。可是在初期有时对女孩子也表现出暴厉的脾气。

第八回里，在薛姨妈家喝多了酒，就一连两次对女孩子发怒：从薛家回来，一个小丫头替他戴斗笠，动作不如他的意，他就骂她“蠢东西”；跟着回到自己屋里，他留了豆腐皮包子给晴雯，又沏了一碗枫露茶，都被李嬷嬷吃了，他讨厌李嬷嬷，却把脾气发作在捧茶来的茜雪身上，摔了茶杯，跳起来大骂，说“撵出去”！

这是十足的贵家公子的恶劣作风，所谓阶级的烙印。他本是个大官僚地主家庭的骄子，当他在生活中未受什么锻炼和挫折时，他这些从大人处学来的恶劣脾气，是不可能没有的。若是贾宝玉在书中一出现就是个完美的新人性格，那对曹雪芹的现实主义艺术就要打个问号。但是当他历练较深，所受事实教训较多，或者说所受封建主义统治势力的压迫打击较为深重的时候，他的辨识能力提高了起来，思想感情进一步划清了界限，上述恶劣作风也就显见得澄清了。

这里所说的历练和教训，重要的有两件：一是金钏儿跳井惨死，一是他自己被贾政毒打。这是接连着发生，体现了贾宝玉新的性格和他父母的封建主义严重地矛盾冲突的事件。

金钏儿惨死事件，在书中是作为重要的脉络之一，来揭示在矛盾斗争中各方面有关人物的内心，而主要是描写贾宝玉性格的发展的。金钏儿从被打被撵以至跳井而死，占了第三十第三十二各回；跟着和第三十三回“大受笞挞”的事相结合，发展为另一重大事件；到第三十五回“亲尝莲叶羹”、第四十四回“撮土为香”，仍是这一事件的余绪。

现在不妨看一看第三十回中关于金钏儿事件发生的具体描写。我们知道这时贾宝玉为自己婚事、为林黛玉因“金玉”问题和他的吵闹，曾陷入从来没有的苦痛之中。这里跟林黛玉和解了，却受到薛宝钗冷酷尖刻的讽刺，林黛玉又从旁嘲弄他。他走出来，到了母亲的上房，看见母亲在床上午睡，金钏儿一边为她捶腿，一边打瞌盹。于是他动了金钏儿一下耳环子，掏出一丸“润津丹”放在她口里，并说要向母亲讨她过去。我以为这种场合下贾宝玉的心绪可以这样理解：他刚从林、薛之间苦恼的纠葛里逃避开来，这时看见这个坦率热情的丫环在这种苦境，就产生同情和亲近之心。他说要讨她去，因为怡红院是个自由天地，那里没有主奴之界，也不讲封建规矩；她若到他那里，就不会有这种替人捶腿自己打瞌盹的苦差和苦情。因此可以说贾宝玉这时并无邪念。至于金钏儿这个活泼真率的女子，她本和贾宝玉不拘形迹惯了，向来不知什么忌讳，说话就不免脱口而出。但贾宝玉想不到母亲向来“宽仁慈厚”的人，从来不曾打过丫头们一下子，这回却忽然翻身起来，给金钏儿一个嘴巴，指着骂起“下作的小娼妇儿”来。他料不到这会如此触怒母亲，他第一次看到母亲可怕的面目，切身受到封建主义一次迅雷不及掩耳的打击。在骤然惊震之下，当时他赶快溜开了。这样走到园子里，遇见龄官“画蔷”，心里不禁对女孩子生起更为深切的同情，于是甚至忘了自己，淋了一身雨回屋。

综看贾宝玉这段生活经历，可以说在苦恼的心绪之上，又加上难忍的苦痛和不安。因为叫不开门，所以火上添油，不由得“一肚子没好气”，他的恶劣的贵家公子脾气又有了一次严重的发作：他把开门的袭人当成“那些小丫头们”，对她踢了一脚，还骂道：“下流东西们！我素日担待你们得了意，一点儿也不怕，越发拿着我取笑儿了！”这里贾宝玉爆发出来的恶劣的封建主义习气和意识，和他平日一般表现的思想性格正相矛盾，和刚才一路来对女孩子所流露的心情也是严重地抵触的。这个娇生惯养、缺乏历练的公子，在刚受到一些切身挫折的特殊情况下，就不由自主地把他最坏的阶级本性暴露出来了。这是真实而且深刻的：这时，处此具体情况下的贾宝玉势必有这种表现。

但他这时还不知道刚才在母亲那里的事所造成的悲惨的后果，连金钏儿被骂被打之后又被残酷地撵走了的事，他也不知道。等他知道了这全部的事实，他才算亲身受到一次惨痛的教训：他具体地感到了封建主义的血腥压迫，他清楚地看到了封建主义狞恶的面目。金钏儿死后，我们看到贾宝玉抱着怎样一种抱憾终古的苦痛的心：这表现在后来对玉钏儿的态度上（见第三十五回），表现在怎样在家长那么重视、全家上下那么隆重举行的凤姐生日那天，排除万难，不顾一切，逃到北门外水仙庵去“不了情撮土为香”的祭奠的事上（见第四十三回）。

由于金钏儿之死，由于和蒋玉函交好：以这两件事为导火线，引起贾政对贾宝玉的一顿痛打。这是贾宝玉的性格和封建主义势力正面冲突的另一重大事件。

蒋玉函的事和金钏儿的事性质是相同的。贾宝玉一贯不肯和上层士大夫交往，他鄙视他们功名利禄、庸俗恶劣的思想，却和处在被压迫、被侮辱地位的优伶讲交情。他对蒋玉函只有亲近爱慕之心，实无腐朽玩弄之念。但那位忠顺王爷却以己度人，把他们纯洁的友谊看得那么腌臜，以为贾宝玉霸占了蒋，他要夺蒋回去；并且不承认、不允许蒋玉函有人身自由之权。这自然也是封建主义统治势力和民主自由思想之间的矛盾斗争。

但金钏儿和蒋玉函这两件事，都被贾政扣上罪名，“在外流荡优伶，表赠私物；在家荒疏学业，逼淫母婢”。这两件事所体现的矛盾斗争，都是通过封建统治阶级内部矛盾（庶出的贾环对正出的贾宝玉的挑拨诬陷和忠顺王府对国公贾府的争执），归总为贾政对贾宝玉父子之间封建主义势力和民主自由思想的矛盾而暴发出来。贾宝玉这次所受的严重打击，更是以前所没有经验过的。

## 六

贾宝玉受到父亲和母亲这两次封建主义势力的切身压迫，是向封建主义投降了呢，还是进一步对封建主义背叛了呢？或者说，是遵从了家长的训诫了呢，还是更加靠拢了被压迫者了呢？我们知道，贾宝玉走的不是前一条路，而是后一条路。经过这两次严重的考验和锻炼，他与封建主义进一步划清了界限，对封建主义的反感大大加深了，对封建主义的警惕大大提高了；原先留存的封建统治阶级的恶劣习性和意识显见得消除了，他的反封建的性格愈加成熟起来了。这具体表现在两方面：

第一，从此他对处于被压迫、被糟践地位的女孩子们的同情和体贴之心，更为深切、更为周到、更为无微不至了。看书中的描写，上举一些打骂丫环的恶劣行为，此后就再没有发生过。那次对袭人脚踢而且辱骂的事，成为他性格中恶劣因素“回光返照”的最后一次的表露。

第二，他原先对女孩子们的亲近和好感，本是一视同仁，因为她们在封建社会所居的客观地位和所遭逢的运命总都是不幸的，可悲的；而对她们主观方面的思想性格，却不加区别，或没有明确认识。比如对于林黛玉和薛宝钗、史湘云，对于晴雯和袭人，他虽然经常地处在她们彼此间无休止的冲突斗争的纠葛里面，可是他一直认不清她们各自的内心思想，因而他对她们的态度也一直总是狼狈进退、模糊不明的。但经过两次历练之后，他对她们就能在一视同仁地怀着同情之心的原有态度之中，又进而对她们的思想性格有了明确的辨识能力，心里分出彼此来了。

在经过为跟金钏儿表示好心而在母亲面前受了打击以后（当时金钏儿还没有死），他对这方面已经表现出有所认识。第三十二回“诉肺腑心迷活宝玉”，描写了贾宝玉和林黛玉恋爱关系发展到一个重要的新阶段。这一新阶段的发展，就是建立在贾宝玉这种思想认识的基础上面的：那就是他明确地辨认出薛宝钗、史湘云两人和林黛玉的思想有本质的不同。一听见史湘云规劝他的话，他就“大觉逆耳”，立刻给她下不去台；同时自觉地认识到林黛玉是自己思想上的知己，于是怀着升高了的白热的爱情向路上遇见的林黛玉诉说了平日说不出的肺腑里的话。这种认识能力，是他过去所没有的。

但是一个人对于日常切近身边的事物，往往失去敏感，最不容易辨识，所谓“不识庐山真面目，只缘身在此山中”。贾宝玉对于近在身边的袭人和晴雯就是如此。他在被父亲痛打以前，对晴、袭两人的思想性格就缺乏实质的明确认识。有时甚至也对晴雯的率直和锐利表示嫌厌，为袭人的温和与柔媚深受迷惑。所以他一直有些亲袭而疏晴。第二十回里他对麝月说晴雯：“满屋里就只是她磨牙。”第三十一回写怡红院里一场争吵，贾宝玉显然跟袭人站在一边，而责备晴雯。（这时期各方面复杂的和激烈的矛盾斗争辏集在贾宝玉身上，他异乎寻常地显出感情波动，心绪烦躁；这是他思想上和爱情上产生重要变化的时期。）

可是在第三十三回挨打之后，他的思想骤见提高，反封建的感觉灵敏起来，这情形就完全转变。第三十四回，林黛玉悄悄地来看过他的伤，两眼哭得像桃子一样。过后，他心里惦记着林黛玉，要打发人去，只是怕袭人阻拦，便设法先使袭人到薛宝钗那里去借书，而后才命晴雯去看黛玉，并且拿了两条旧绢子给她送去。这事说明，他已经明确知道他和林黛玉的关系，袭人不会赞助，他把她归到薛宝钗那边去；而晴雯却可亲信，他托她为自己向黛玉传达爱情、递送私物。此后，贾宝玉所感受的封建主义压迫愈深——主要在婚姻和生活道路问题上，他在晴、袭之间内心倾向愈见分明；即是说，他愈把晴雯看作知己，流露特殊的亲切厚挚之心。晴雯被撵至惨死前后，他对晴雯的情分，不但瞒住了袭人，就连和袭人思想一致的麝月、秋纹也不让知道。

从这些我们可以明显看出：贾宝玉原是一般不加区分地对女孩子怀着同情的，但经过切肤之痛的斗争以后，就进而对她们思想性格的实质有了认识，因而在对她们怀着同情之中，又能有分明的取舍和爱憎了。

他对林黛玉的爱情，正就是在这种思想意识的基础上面成熟巩固起来的。

与此同时，另一方面，前文已经提到，他和林黛玉的关系，对他的思想的成长，也起着特别重大的作用。林黛玉从她孤苦无依的身世与处境和高洁的思想品格出发，一贯执着地、强烈地向他要求着彼此“知心”、“重人”、忠于自我，与封建主义秩序截然划分界限的严肃专一的爱情。为此她以血泪与生命，对他不断地进行了铭心刻骨的斗争，使他从苦痛的体验中逐步摆脱社会势力对他的纠缠和吸引，使他性格趋于纯化，头脑趋于清醒，思想感情趋于稳固与坚定。这一因素的力量，是必须充分估计到的。

这里应该顺便说一说贾宝玉对于仆妇们的看法和态度。我们不能因为贾宝玉一贯地爱护女孩子们而憎厌婆子媳妇们，就谴责他并不尊重在下层地位的人。

贾宝玉憎厌婆子媳妇们，是事实，而且一直不变，甚至愈来愈甚。第五十九回春燕对莺儿转述贾宝玉的话："女孩儿未出嫁是颗无价宝珠；出了嫁，不知怎么，就变出许多不好的毛病儿来；再老了，更不是珠子，竟是鱼眼睛了！分明一个人，怎么变出三样来？"春燕这里引此话，更为说明她的母亲和姨妈"老姐儿两个"越老越把钱看的真了。第七十七回周瑞家的带了司棋出去，迎春、绣橘都啼哭、赠物，依依不舍。周瑞家的不耐烦，只是催促。司棋要求到相好的姊妹跟前辞一辞，周瑞家的冷笑，坚决不许。这时恰好贾宝玉走来遇见，不觉如丧魂魄，连忙拦住。周瑞家的说："我们只知太太的话，管不得许多。"又威吓司棋，"你如今不是副小姐了，要不听话，我就打得你了"……几个妇人不由分说，拉着司棋就出去了。贾宝玉恨道："奇怪，奇怪！怎么这些人，只一嫁了汉子，染了男人的气味，就这样混帐起来，比男人更可杀了。”守园门的婆子听了笑问：“这样说，凡女儿个个是好的了，女人个个是坏的了？”贾宝玉发狠道：“不错，不错！”

从这些具体的场合来看贾宝玉的话，已经可以了解他的意见的正义性。我们不妨再看看他对奶母李嬷嬷的态度。贾宝玉从早就十分讨厌他的奶母。第八回“奇缘识金锁”那次，他在薛姨妈家喝酒，正和薛宝钗、林黛玉说说笑笑，心甜意洽之时，也即在家长的管束以外作充心如愿的自由活动之际，李嬷嬷上来拦阻，说：“你可仔细！今儿老爷在家，提防着问你的书！”贾宝玉顿时垂头丧气。

我们常看到贾宝玉从在李嬷嬷跟前受到封建主义的干涉和威胁，看到封建主义势力经常通过林之孝家的、周瑞家的、王善保家的这些人对贾宝玉、对女孩子们的活动进行控制和压迫。这些婆子、媳妇们，实在就是封建主义统治机构的基层组织细胞，封建主义势力总是通过她们来作恶逞威的。当然，她们自己也处于被压迫、被奴役的地位。但她们所体现的封建主义罪恶特征却是更为重要的方面，因为她们总是为主子执行命令，作为封建主义势力的爪牙而从事活动的。贾宝玉嫌恶她们、憎恨她们，正是他反封建思想感情的具体表现。前面曾举贾宝玉因李嬷嬷吃了他留给女孩子的东西而大发脾气，那实质上也含有对封建主义发生反感的意义；至于他对茜雪发作了那脾气，那是另一回事。

总之，关于贾宝玉性格的发展，书中的描写极其真实深到，以上不过举出荦荦大端，以见他在思想上、爱情上进于成熟与稳定阶段的情况而已。贾宝玉性格全部的发展变化，前面已经一再指明，主要和他的恋爱婚姻问题密切结合，直到最后出走，都应包括在内。这在后面研究作者的处理态度时还有论述。

## 七

现在就贾宝玉典型形象的主要特征作一些说明。

贾宝玉性格最初的也是最突出的一个特征就是对于世俗男性的憎恶和轻蔑，以及与此相应的对于女孩子的特殊的亲爱和尊重。这是他自幼所处的生活环境的特点在他思想感情上的具体反映，前面阐论他的性格形成的条件，对这一点已经作过说明，这里不须重复。

《红楼梦》非常强调地描写了它的主人公性格的这一特点。开篇第二回，作者借冷子兴演说荣国府，就特意介绍了贾宝玉这句名言："女儿是水做的骨肉，男人是泥做的骨肉。我见了女儿便清爽，见了男子便觉浊臭逼人。"第二十回里作者又在旁叙中重说此点：“他便料定天地间灵淑之气只钟于女子，男儿们不过是些渣滓浊沫而已。因此，把一切男子都看成浊物，可有可无。”至于“国贼禄鬼”“须眉浊物”，就是他平日鄙视与厌恶男性的口号。重要的不是他这样说，这样想，他也是这样做人，这样生活的。全书里面，不只关于贾宝玉生活活动的描写一贯地表现了这一特征思想或基本精神，而且由众多人物所构成的现实环境，也为他这种思想的产生提出了无可置疑的具体根据。这不必多说。

与这点相关联的，贾宝玉还有一种意识，那就是对于自己出身的家庭或阶级阶层的憎恶，以及与此相应的对于有些比较寒素和微贱人物的爱慕和亲近。

第七回中描写贾宝玉和“年近七旬”“宦囊羞涩”的“营缮司郎中”秦邦业的幼子秦钟见面：“那宝玉自一见秦钟，心中便如有所失。痴了半日，自己心中又起了个呆想，乃自思道：‘天下竟有这等的人物！如今看了，我竟成了泥猪癞狗了！可恨我为什么生在这侯门公府之家？要也生在寒儒薄宦的家里，早得和他交接，也不枉生了一世。我虽比他尊贵，但绫锦纱罗，也不过裹了我这枯株朽木；羊羔美酒，也不过填了我这粪窟泥沟：‘富贵’二字，真真把人荼毒了！’”他和“一贫如洗”“父母早丧”的破落世家子弟柳湘莲缔结深厚的友谊，对为当时社会所轻贱的“唱小旦的”蒋玉函衷心倾慕，可以说，也含有同样的意识。

当然，秦钟、柳湘莲和蒋玉函的所谓“人品”，是使他和他们亲厚的主要原因。假如没有具备这种使他引为知己的“人品”，他对他们的交情是建立不起来的。比如对于贾芸，最初他很怀有好感，但是接谈几次之后，看到贾芸人品的庸俗，就不愿和他交往了。那么这种所谓“人品”，究竟是什么呢？有人认为就是带有女性风格的美貌。我以为这是片面表面的看法。

第四十七回里写到在赖大家贾宝玉和柳湘莲见面的一个场面。他们的谈话主要是关于照管秦钟的坟墓和柳湘莲远行的事。贾宝玉一见柳湘莲，就问他这几日可曾去看秦钟的坟。一个说，想着雨水多，放心不下，特意绕路去看了坟，回家就弄了几百钱，雇人去收拾好了；一个自恨天天圈在家里，一点做不得主，但园子里结了莲蓬，就摘了十个，叫焙茗送到坟上供他。柳湘莲又说：“这个事也用不着你操心，外头有我，你只心里有了就是了。”柳湘莲虽然“一贫如洗，家里是没的积聚的”，但他早“已经打点下上坟的花消”。贾宝玉意欲打发焙茗送钱给他，柳说用不着，这也不过各尽其道。于是谈到远行的事，贾宝玉依依难舍，说：“你要果真远行，必须先告诉我一声，千万别悄悄的去了！”说着便滴下泪来。

这里流露出来的他们之间友情的内容，在当时社会里是一种慷慨义气、严肃而又高尚的品格和精神。这不但和同一回里映照着描写的呆霸王薛蟠对柳湘莲的腌臜无耻的用心和行为成为尖锐的对比，就是和封建统治阶级或上层士大夫间——如贾雨村对甄士隐和贾家、贾政及他的那些门客们——那种庸俗的势利关系，也同样属于不同的范畴。这意思是说，像这种金子似的心，是当时被压迫人民所崇尚，贾宝玉的本阶级里一般是没有的。

早年贾宝玉对北静王水溶也怀着好感。那不止因为水溶“面如美玉，目似明星，真好秀丽人物”，主要还因为水溶“风流跌宕，不为官俗国体所缚”，和他的思想有合拍之处的原故。尽管如此，仍然碍于身份与社会地位，贾宝玉后来和他没有什么交往，更未和他发生像和柳湘莲、秦钟那样的亲密的友谊关系。

贾宝玉对于世俗男子和对于自己社会出身的憎恶，实质上都是对他出身的本阶级的否定。他对世俗男子的否定，同样也就是对他本阶级的否定。因为封建主义社会以男性为中心建立其统治，妇女所受的压迫，实即反映了阶级的压迫。在旧社会，妇女的解放是必须在阶级斗争中去求取的。

贾宝玉的这种意识特别清楚地表现在对居于下层地位女子们的用心上。他对她们被糟践的命运，怀着无限同情；对她们纯真敏慧的资质和自由活泼的性格，倾心地亲爱。第二十三回写他在园中看见风吹花落，不忍落花被人践踏，兜起来抖入池中，后来又和林黛玉掘土葬花，这种对花怜惜的心情，正是他从对女孩子们的处境和品质的联想产生的。

## 八

书中关于贾宝玉对女孩子温柔体贴的描写随处都有，并且非常突出。这里只举两三个例子，具体看一看贾宝玉这方面思想活动的特点，是有意义的：

第十九回写贾宝玉在宁宅看戏，对那里的富贵繁华和热闹发生厌恶，感觉内心的孤寂，就叫茗烟同他到花家去看袭人。他对袭人说："我怪闷的，来瞧瞧你作什么呢。"后来袭人回来，贾宝玉和她谈及在花家看见的穿红的女子，袭人有意用歪话缠他。他说她们不配穿红的，谁还敢穿？"他实在好的很，怎么也得他在咱们家就好了。"袭人冷笑道："我一个人是奴才命罢了，难道我的亲戚都是奴才命不成？"宝玉忙笑道："你又多心了。我说往咱们家来，必定是奴才不成？说亲戚就使不得？”袭人又故意说：“明儿赌气花几两银子买进他们来就是了。”宝玉笑道：“你说的话，怎么叫人答言呢？我不过是赞她好，正配生在这深宅大院里，没的我们这宗浊物倒生在这里。”后来袭人说及她们明年就要出嫁，宝玉不禁连“嗐”两声气。女孩子出嫁，在贾宝玉看来就像落花一样，遭受封建性的践踏；并且她们出嫁后渐渐成为社会机构的组成细胞，就会失去她们原有的纯真美好的内心精神和品质。贾宝玉一贯听说女孩子出嫁就难过，正是为此；他对女孩子的深切同情，也出于同样的意识。

贾宝玉这种意识和感情在金钏儿惨死，尤其在他和林黛玉的恋爱婚姻问题上所感受的切身压迫愈深的时候，就愈益发展了。

我们可以看看第四十四回“平儿理装”和第六十二回“香菱情解石榴裙”两回的描写。处于“婢妾”地位的平儿，为贾琏和凤姐极端丑恶的争闹受到无辜的殴打和枉屈。贾宝玉招待平儿到怡红院，连声劝慰她：“好姐姐，别伤心。”照料她换衣、梳洗、擦脂粉，替她剪下秋蕙簪在鬓上。平儿到李纨处去了后，贾宝玉自觉在平儿前稍尽片心，引为今生意中不想之乐，歪在床上怡然自得。“忽又思及贾琏惟知淫乐悦己，并不知作养脂粉。又思平儿并无父母兄弟姊妹，独自一人，供应贾琏夫妇二人，贾琏之俗，凤姐之威，他竟能周旋妥帖，今儿还遭荼毒，也就薄命的很了。想到此间，便又伤感起来。复又起身，见方才的衣裳上喷的酒已半干，便拿熨斗熨了叠好；见他的绢子忘了去，上面犹有泪痕，又搁在盆中洗了晾上。又喜又悲……”贾宝玉服侍平儿温慰体贴的用心，这里是刻画得很清楚的。

再看贾宝玉生日那天，香菱和几个顽皮女孩子斗草，彼此逗趣，打闹起来。香菱的石榴红罗裙弄到脏水里沾污了，正在没办法，贾宝玉恰好走来看见，于是招扶她换了袭人的裙子，又无微不至地对她尽了一番温存体贴之心。这里描写两方内心活动是很深细的。贾宝玉说裙子本不值什么，但弄坏了，一则辜负琴姑娘的心，二则姨妈老人家嘴碎，会说只会糟塌东西，不知惜福。香菱听了，碰在心坎儿上，反倒喜欢起来。这因为贾宝玉替她设身处地，想的深切入微。这在作“婢妾”的香菱是从来没有经过的温情。所以在袭人送来裙子给她换好之后，香菱已经走开，又重复回转身叫住宝玉；红了脸，只管笑，要说什么，又说不出口来；末后脸红说：“裙子的事，可别告诉你哥哥，就完了。”这正因为香菱从未领略过这样的温柔体贴，所以一时心里对贾宝玉有说不出的感激和欣喜。至于贾宝玉这样看待香菱，那心理活动也是很明白的：“一壁低头，心下暗想：‘可惜这么一个人，没父母，连自己本姓都忘了，被人拐出来，偏又卖给这个霸王！’因又想起：‘往日平儿也是意外想不到的，今儿更是意外之意外的事了！’”

可见贾宝玉对平儿和香菱的用心都是很严肃的。他只是对这些处于悲苦地位遭受压迫蹂躏的女子怀着莫可奈何的关怀和怜惜；他无力改变这种现状，于是到处发挥这种不能自制的感伤的温情。

但是贾宝玉严肃纯洁的内心，总是不为人所了解。比如香菱，就以为他对她怀着轻薄。第七十九回所写的，当时晴雯已死，迎春将嫁，和林黛玉的关系陷入一筹不展的苦境，贾宝玉在沉郁中，这种意识更为深入了。他到迎春住处紫菱洲一带徘徊瞻顾，吟咏了“蓼花菱叶不胜愁，重露繁霜压纤梗”这样的诗句，这时遇见香菱，谈到薛蟠将娶夏金桂。香菱是个天真的女子，在薛家长大，也只能有世俗的见解，对她自己悲苦的处境并没有自觉，所以这时她仍很高兴，说，“我也巴不得早些娶过来”。宝玉冷笑道：“但只我倒替你担心虑后呢！”香菱道：“这是什么话？我倒不懂了。”宝玉笑道：“这有什么不懂的？只怕再有个人来，薛大哥就不肯疼你了。”香菱听了，不觉红了脸，正色道：“这是怎么说？素日咱们都是斯抬斯敬，今日忽然提起这些事来，怪不得人人都说你是个亲近不得的人！”一面说，一面转身走了。宝玉见她这样，便怅然如有所失，呆呆地站了半日，只得没精打彩，还入怡红院来。

这里的描写显出，贾宝玉在他的世俗社会里精神内心是多么孤独寂寞。香菱对他的了解，正可以代表一般的世俗之见。

自来《红楼梦》的读者对上述贾宝玉看待女子的用心，也总是以封建社会的世俗之见去了解，他们认为贾宝玉对下层地位的女子都怀着邪念。这是荒谬的。

贾宝玉的这一思想倾向坚定不移。为金钏儿和蒋玉函的事挨了贾政的痛打之后，林黛玉来看他，抽噎地说："你可都改了罢？"他长叹一声说："你放心。别说这样的话。我便为这些人死了，也是情愿的！"

他此时对林黛玉说这样的话，主要是因为他明确意识到，自己和林黛玉的爱情关系，跟他被封建势力拿做罪名的那整套行为思想完全属于同一回事。这是贾宝玉坚持他的行为思想和反封建决心的表示，也是他向林黛玉提出他和她爱情关系的再次的声明和保证。

前面已经说过，贾宝玉对于生活环境里的女子们广泛深切的同情与爱护，是和他跟林黛玉的爱情关系互为因果、不可分割的。正因为贾宝玉性格的这一特点，他把它集中专注在林黛玉身上，才发展成为他们之间那样生死不变的深挚的爱情；也正因为他在爱情问题上遭受着封建主义势力的沉重的压迫，他才对环境里的女子愈益深切地怀着那样的同情和体恤。

## 九

综观上述贾宝玉思想的这些特点——即一方面对自己出身的本阶级抱着憎恶和否定的态度，一方面对他所接触的生活环境中居于被压迫地位的人物——尤其女孩子们则给予尊重、同情和无限亲爱体贴之心：就积极方面意义看，这实即反映了人性解放、个性自由和人权平等的要求，实质上也就是人道观念和人权思想，就是初步的民主主义精神。

贾宝玉非常讲究尊重个性，尊重意志。第二十回他对贾环说："大正月里，哭什么？这里不好，到别处玩去……譬如这件东西不好，横竖那一件好，就舍了这件取那件……你原是要取乐儿，倒招的自己烦恼。"第三十一回"撕扇子作千金一笑"写晴雯生气说到怕砸了盘子，宝玉笑道："你爱砸就砸。这些东西原不过是借人所用，你爱这样，我爱那样，各自性情。比如那扇子，原是搧的，你要撕着玩儿也可以使得，只是别生气时拿他出气；就如杯盘，原是盛东西的，你欢喜听那一声响，就故意砸了，也是使得的，只别在气头儿上拿他出气。——这就是爱物了。”这番议论，我们今天看来自然觉得太过分，很不妥帖，其中流露了浓厚的贵家公子气味。但主要的意思，却是尊重意志，尊重个性，用当时思想家的话说，就是“使人各得其情，各遂其欲”（戴震语）。

第三十六回写“情悟梨香院”的一段，贾宝玉兴兴头头去找龄官，因素日和女孩子玩惯了，只当龄官也一样，央她唱一套《牡丹亭》曲子。不想龄官见他坐下，忙起身躲避，正色道：“嗓子哑了。前儿娘娘传进我们去，我还没有唱呢。”宝玉见此景况，从来未经过这样被人弃厌，自己便讪讪的，红了脸，只得出来了。后来看见贾蔷那样体爱龄官，龄官又那样自爱并爱着贾蔷，他就悟出“人生情缘各有分定”的道理。

他是完全尊重龄官的个性、意志和她与贾蔷的关系的。他平日和姊妹、丫环们一处，也总是尊重别人的意见，很少拿自己的主张，更不想强迫别人接受自己的意见。

在日常生活活动中，贾宝玉也一贯流露这一思想。第四十回贾母、王夫人和众姊妹商议给史湘云还席。贾宝玉因说：“我有个主意。既没有外客，吃的东西也别定了样数，谁素日爱吃的，拣样儿做几样。也不必按桌席，每人跟前摆一张高几，各人爱吃的东西一两样，再一个十锦攒心盒子，自斟壶。岂不别致？”这意见立刻为贾母所接受。他做诗也不主张限韵，要求自由发挥个性。

贾宝玉这种思想是和封建主义原则正面抵触的，它直接破坏着封建秩序。我们试看贾宝玉待人接物的态度，他总是否定封建社会的礼法观念，主张听任各人按照自己的意志和心愿去自由活动。

第二十回写他对弟弟贾环：“宝钗素知他家规矩，凡做兄弟的怕哥哥，却不知那宝玉是不要人怕他的”，“并不想自己是男子，须要为子弟之表率。是以贾环等都不甚怕他，只因怕贾母不依，才只得让他三分”。

他对茗烟，也是亲密无间，没有什么主奴的界限。像第十九回写的他对茗烟和万儿的喜剧，第二十三回写的茗烟替他买来各种小说，第二十六回写的茗烟受薛蟠之嘱竟诳说老爷叫他，第四十三回写的和茗烟偷偷同到水仙庵去祭奠，茗烟祝告的时候说：“跟二爷这几年，二爷的心事，我没有不知道的。”

在丫环们跟前，反倒经常服侍她们，并且受她们的排揎，不以为忤。正如袭人说的：“你这个人，一天不挨两句硬话村你，你再过不去。”（见第六十三回）麝月甚至这样“村”他：“你偏要比杨树，你也太下流了！”（见第五十一回）傅家婆子议论他：“一点刚性也没有，连那些毛丫头的气都受到

了！”（见第三十五回）

在贾宝玉这种思想领导下，怡红院关起门来，除了袭人作些梗，可说是个没多少封建礼法观念的民主自由的世界。第六十三回描写“寿怡红”，林之孝家的走后，丫头们要为宝玉安席，贾宝玉笑道：“这一安席，就要到五更了。知道我最怕这些熟套，在外人跟前不得已的，这会子还讴我，就不好了。”众人听了，都说：“依你。”于是先不上坐，且忙着卸装宽衣。（这里“庚辰本”“脂批”：“吃酒从未如此者。此独怡红风俗。故王夫人云他行事总是与世人两样的。”）尤其姊妹们散后，简直弄得“无法无天”。但他觉得称心如愿，无比的快乐。袭人也说：“昨日夜里热闹非常，连往日老太太、太太带着玩，也不及昨儿这一玩。”这话从袭人这样思想的人说出来，可见她们这些处在被压迫地位的女孩子们都是喜爱这种无拘无束的自由生活方式的。所以平儿说：“还说给我听，气我！”

第六十六回兴儿对尤三姐等评论贾宝玉：“再者也没有一点刚性儿。有一遭见了我们，喜欢时没上没下，大家乱玩一阵；不喜欢各自走了，他也不理我们，我们坐着卧着，见了他也不理他，他也不责备。因此没人怕他。只管随便，都过得去。”

贾宝玉这种性格，愈到后来，愈发展得厉害。第七十回写怡红院早晨，晴雯、麝月、芳官笑闹膈肢，贾宝玉也参加进去闹。碧月走来说："倒是你们这里热闹。"他们在郁闷的生活中，简直作为精神的发泄。第七十九回写道："这百日内，只不曾拆毁了怡红院，和这些丫头们无法无天，凡世上所无之事都玩耍出来。"

当时封建主义势力在大观园里大肆猖狂，园中素日丰富多彩的生活活动日见毁坏，形成"风雨如晦"的局势；贾宝玉和众多女孩子们所受压迫摧残日益加紧，宛如"釜底游鱼"：这样形势下，怡红院中愈是逞心胡闹，愈令人觉得惨切。但同时也足见贾宝玉虽然限于条件，逼于形势，却充分表现了他负隅顽抗、苦战到底、不肯屈服的精神。

从这整套颇具规模的初步民主主义思想看，当时封建主义社会秩序为一个统治阶级的儿子所安排的道路，贾宝玉当然不能遵循。除了家庭中晨昏定省而外，一切应该参加的交游和礼节，他都不愿参加，尽力逃避。这是明显的事：他和处于被压迫地位的女孩子们的纯真自由的世界，与居于统治地位的庸俗腐朽的男子们或利欲熏心的士大夫们的世界——这两个世界在贾宝玉的具体生活环境里是尖锐地矛盾对立着的。对这两相矛盾对立的生活道路加以抉择的问题，早就提到贾宝玉的面前。

自幼虽经家长训诫逼迫，袭人和宝钗等规劝，他却利用衰朽制度和腐败社会的空隙，极力抗拒逼来的压力。他批评“读书上进的人”是“禄蠹”，“把一切男子都看成浊物”，把所有士大夫都骂为“国贼禄鬼”。

第三十二回史湘云天真直率地向他提出这个生活道路的问题：“如今大了，你就不愿去考举人进士的，也该常会会这些为官作宦的，谈讲谈讲那些仕途经济，也好将来应酬事务，日后有个正经朋友。让你成年家只在我们队里，搅的出些什么来？”贾宝玉立刻还击，斥为“混帐话”。

第三十六回写道：“那宝玉素日本就懒与士大夫诸男人接谈，又最厌峨冠礼服贺吊往还等事……日日只在园中游玩坐卧……却每日甘心为诸丫头充役……或如宝钗辈有时见机劝导，反生起气来，只说：‘好好的一个清净洁白女子，也学的沽名钓誉，入了国贼禄鬼之流。这总是前人无故生事，立意造言，原为引导后世的须眉浊物，不想我生不幸，亦且琼闺绣阁中亦染此风，真真有负天地钟灵毓秀之德了。’”这里概括地写出了贾宝玉日常生活中的坚定不移的信念和战斗姿态。

后来随着家道的愈趋败落，形势对他的要求愈迫切，那逼到头上的压力也愈沉重，他也就愈见陷于力疾苦战的地步。但是在他具体的主客观条件下，他的信念始终不移，战斗也始终不休。贾宝玉对封建主义势力为他安排的生活道路是坚决否定了的，而他的民主主义思想和要求是一直坚持到底的。

贾宝玉和林黛玉的爱情，正就是建立在这种思想和要求的基础之上，同时，他和林黛玉的关系，也坚定了和发展了他的这种思想和要求。他被逼被骗和薛宝钗结婚后而终于出亡，也得从他这整套思想和要求来看，才能了解。

## 十

从以上的阐论中，我们已经可以看到一些贾宝玉形象所含有的民主主义思想的限度。

不错，贾宝玉思想性格中民主主义因素已经具备规模，我们可以看见那色彩鲜明、线条清楚的完整的轮廓；它和封建主义抵触着，矛盾着，不能相容，并且态度坚定，没有调和妥协的意向。这方面都是不容置疑的。但同时，我们却也看得出，它的力量是如此微弱，所处的境状如此黯淡，它在衰朽腐败的封建主义势力跟前，宛如一棵幼芽压在大石之下，显得无法与之抗衡，因之也看不见天日，找不到前途。这方面我们也不能忽视。

贾宝玉经常想到死和毁灭。在他的早期就有这念头，到后来不但未变，反倒愈来愈见深彻。

第十九回他和袭人说：“只求你们看守着我，等我有一日化成了飞灰——飞灰还不好，灰还有形有迹，还有知识的！等我化成一股轻烟，风一吹就散了的时候儿，你们也管不得我，我也顾不得你们了，凭你们爱那里去那里去就完了。”

第三十六回他说——还是对袭人：“比如我此时若果有造化，趁着你们都在眼前，我就死了，再能够你们哭我的眼泪流成大河把我的尸首漂起来，送到那鸦雀不到的幽僻去处，随风化了，自此，再不托生为人：这就是我死的得时了！”

第七十一回尤氏驳辩贾宝玉对探春的批评：“谁都像你是一心无挂碍只知道和姊妹们玩笑？饿了吃，困了睡，再过几年，不过是这样，一点后事也不虑。”宝玉笑道：“我能够和姊妹们过一日是一日，死了就完了，什么后事不后事！”又说：“人事难定，谁死谁活？倘或我在今日明日，今年明年死了，也算是随心一辈子了。”

贾宝玉自幼从生活中明确感觉到那尖锐的矛盾。他身在那矛盾中，为之呕心耗血，苦痛难置；他无法解决那矛盾，也不能为自己的斗争找到支援和出路。他始终在一种莫可奈何的境状中，于是感伤主义情绪随着他的民主主义思想同时生长起来。他一般只能给予处在封建主义势力压迫摧残下的人们以温情和体恤，对自己切身的恋爱婚姻和生活道路问题一般只能做出偏于消极性的奋斗：他坚决不向封建主义妥协投降，但是他也不能积极有为地做出有力和有效的反抗。他一般多是以逃避态度对待面临矛盾，但这是逃不脱的；为了减轻斗争中的苦痛，他找到了可能找到的虚无主义思想。

感伤主义和虚无主义是贾宝玉民主主义思想的弱点和病症。

他欣赏《庄子》，喜观佛家思想。当他在切身的尖锐矛盾中、在激烈的思想斗争中的时候，他就以此自慰，求得苦痛的解脱。

第二十一回他摹拟南华文，写出什么“焚花散麝，戕宝钗之仙姿，灰黛玉之灵窍，丧灭情意”的句子。第二十二回因听见戏曲中鲁智深唱的“赤条条来去无牵挂”等句，就喜得拍膝摇头，并且做了几句佛偈。这都是他用来自解烦恼，自慰苦痛的办法。在他的现实条件下，他只能找到这样一些精神思想的出路。

当然这些都是他早期的勾当，但是虚无主义一直生根在他的思想里。他的“死”和“化灰化烟”的念头，正是它的流露。

温情主义和感伤主义是同一东西的两面。贾宝玉对处于不幸运命中的女孩子的温情，实出于一种莫可奈何的态度。这种思想感情的深化和扩大，就成为明显的感伤主义。

第三十九回刘姥姥向他胡诌了“雪中抽柴”的若玉小姐的故事，他就当成一件了不得的大事去办。第四十三回他为祭奠金钏儿在水仙庵看见“洛神”像，以为真有“荷出绿波，日映朝霞”的姿态，就不觉滴下泪来。第五十八回见园中杏树“绿叶成荫子满枝”，想到邢岫烟已经择了夫婿，又“不免伤心，只管对杏树叹息”。他为藕官掩护烧纸（见第五十八回），为彩云等瞒赃（见第六十一回），也都流露同一思想。

芳官被干妈打了，正吵闹，“宝玉恨的拿柱杖打着门槛子，说道：‘这些老婆子都是铁石心肠似的，真是大奇事！不能照看，反倒挫磨他们。地久天长，如何是好？’”（见第五十八回）

他对面临的现实无可奈何，尤其当他对切身的恋爱婚姻问题束手无策时，比如在第五十七回“情词试莽玉”以后，感伤主义就主宰了他的心神。

## 十一

贾宝玉思想里这些病症和弱点是根深蒂固的。他对面临的和切身的矛盾无可如何，首先是因为他自己的思想里存在着严重的矛盾。

他的思想上的矛盾在这里：他从生活现实中否定了封建统治阶级社会，否定了封建主义社会秩序，可是，他却没有能够否定君权和亲权——即封建主义统治权。这是贾宝玉直到“出家”都未获得解决的思想问题。这个思想问题使他对现实的斗争始终带着阴黯气氛和悲剧色彩，并且他也只能成为悲剧主人，以悲剧来结束他的斗争。

第三十三回“大受笞挞”，众门客劝阻，贾政不许，说“明日酿到他弑父弑君，你们才不劝不成”？这是说在贾政看来，贾宝玉的行为虽然已离经叛道，但“今日”还未到弑父弑君的地步，不过听任不管，“明日”会酿到那地步。

贾宝玉不只没有弑父弑君的思想，他对君权亲权都一直尊重，从来不敢直接违抗。

这首先表现在他的民主主义思想并未突破封建主义体系而独立，他还不能不崇信“孔孟之道”。

第三回他说：“除了四书，杜撰的也多呢。”第十九回袭人复述他的话：“除了什么‘明明德’外就没有书了，都是前人自己混编出来的。”

第二十回作者旁叙他的思想：“只有父兄伯叔兄弟之伦，因是圣人遗训，不敢违忤。”

第七十三回叙道：“更有八股一道，因平素深恶，说这原非圣贤之制撰，焉能阐发圣贤之奥，不过是后人饵名钓禄之阶。”

由于把孔孟之道看做天经地义，由于不敢违忤圣贤遗训，贾宝玉对于封建主义统治从不怀疑。

第二十八回为“金”“玉”的问题他向林黛玉表白：“我心里的事也难对你说，日后自然明白。除了老太太、老爷、太太这三个人，第四个就是妹妹了。要有第五个人，我也起个誓。”

第三十六回他对袭人发议论：“人谁不死？只要死的好。那些须眉浊物只听见‘文死谏’‘武死战’这二死是大丈夫的名节，便只管胡闹起来。那里知道有昏君方有死谏之臣，只顾他邀名，猛拼一死，将来置君父于何地？必定有刀兵，方有死战，他只顾图汗马之功，猛拼一死，将来弃国于何地？”又说：“那武将要是疏谋少略的，他自己无能，白送了性命：这难道也是不得已么？那文官更不比武官了。他念两句书，记在心里，若朝廷少有瑕疵，他就胡弹乱谏，邀忠烈之名；倘有不合，浊气一涌，即时拼死：这难道也是不得已？要知那朝廷是受命于天，若非圣人，那天也断断不把这万几重任交代。可知那些死的都是沽名钓誉，并不知君臣的大义。”

这些话把他颠扑不破地信持着的君父观念全盘托出来了。

第六十六回里他和柳湘莲有一段对话。柳湘莲说：“你们东府里，除了那两个石狮子干净罢了！”宝玉听说红了脸。湘莲自惭失言，连忙作揖，说：“我该死胡说，你好歹告诉我，他品行如何？”宝玉笑道：“你既深知，又来问我做什么？连我也未必干净了。”湘莲笑道：“原是我自己一时忘情，好歹别多心。”

这里贾宝玉流露了很深的宗族观念，其实在他的具体条件下，这也是理所当然的。

问题不在他只在口里说了什么或心里想了什么，重要的是他在日常生活活动中表现出来：他一贯遵循与顺从亲长的嘱咐，从不当面违抗。当然他心有不愿，但不敢直说，而只是逃避、掩饰，或做侧面的斗争和曲折隐忍的表示；要是逼紧了，也只好顺从。日常晨昏定省之礼，除非特殊原因和祖母叮嘱，也还是谨守不渝的。对父亲，他从心里惧怕；对母亲，他从心里尊重（有人认为《芙蓉诔》“箝诐奴之口”“剖悍妇之心”二句中有指王夫人的意思，这怕是误解。按情理，按贾宝玉的思想，这还只能是指那些仆妇，如王善保家的之类）；对老太太，他从心里崇敬。亲长通不过的事，他只能偷偷地隐瞒着做：如到花家去看望袭人，到水仙庵去祭奠金钏儿。凡这些，他都不能理直气壮、光明正大地在亲长前公开做出来。

下人来传亲长的话，他得站起来答话。甚至走过父亲书房门前要下马这一礼节，他也不肯违犯；他只能要求打角门绕过去，以免下马。周瑞说："老爷不在书房里，天天锁着，爷可以不用下来罢了。"宝玉笑道："虽锁着，也要下来的。"他不肯越过礼去（见第五十二回）。

到检抄大观园后，晴雯、芳官、四儿等无辜被撵出去，他虽然如丧魂魄，痛愤得万箭穿心，恨不能一死，"但王夫人盛怒之际，自不敢多言"，还一直跟送王夫人到沁芳亭。到了晴雯垂死的时候，贾政叫他随同出去做诗，他也只好去。

贾宝玉在家庭里，在他的社会环境里，在奴仆下人心目中，都有他特殊的地位。他以这种地位或面子对被压迫者被糟践者给予温情和庇护，他的丫环们也依靠了他的地位和势力以对抗婆子们和她们自已长上所施的压迫和干涉。并且，他得有这样的特权：打破了成规，被准许进行为封建主义社会秩序所不容的这样那样的民主自由生活活动（包括和林黛玉的爱情），从这里，培养出来他的具备规模的初步民主主义思想和反封建主义的叛逆精神。

可是，他的地位和特权哪儿来的呢？显然，他依靠的是亲长的爱宠，是封建主义统治势力的支持。

这是可悲的矛盾：他所深恶痛绝的，正是他所仰赖的；他所反对的，正是他所依靠的。

因此之故，在家长威力的压迫之下，他可以变得失去力量，毫无做为。

我们可以看看第七十七回的几段描写。周瑞家的押送司棋出去，坚执不允许司棋辞一辞姊妹们；贾宝玉走来遇见，向周瑞家的求道：“姐姐们且站一站，我有道理。”周瑞家的便道：“太太吩咐不许少捱时刻，又有什么道理？我们只知道太太的话，管不得许多。”宝玉又恐他们去告舌，恨的只瞪着他们。

到晴雯被撵以后，贾宝玉偷偷地去看她。他“将一切人稳住，他独自得便，到园子后角门，央一个老婆子带他到晴雯家去。先这婆子百般不肯，只说‘怕人知道，回了太太，我还吃饭不吃饭？’无奈宝玉死活央告，又许他些钱，那个婆子方带了他去。”

这样的场合下，贾宝玉社会关系的真相就显出来了：没有了封建主义势力的支持，他就失掉了特殊地位，也就不能得到重视了。当王夫人拿出狰狞面目，残酷地把晴雯等人撵出去时，贾宝玉不但不能挺身而出，有所抗辩，甚至也不敢到老太太那里去求情。为什么？因为这就和母亲的意志正面冲突，就直接违犯了亲权。

贾宝玉是一贯尊重着与信守着封建主义统治的；违犯了统治权力的事，他就不能理直气壮公开做出来。

所以贾宝玉只能在封建主义统治所特准或其衰朽势力所不能控制的范围里进行他的反封建秩序的活动和发挥他的民主主义精神。这样的反封建活动，这样的民主主义思想，尽管它本身已具有规模，而且很坚决，不妥协，但终究是缺乏力量，没有前途的。

贾宝玉的恋爱与婚姻的悲剧，就植根在他的这种严重的思想矛盾上面：他热烈地进行了自由恋爱，他迫切地要求婚姻自主，可是同时又不得不期待家长的主持或批准，不得不仰赖封建主义势力的赞助与支持。

第五十六回贾母和江南甄家来的女人有一段谈话，透露了他们看待贾宝玉的许多消息，尤其道破了贾宝玉思想的这一症结所在。

贾母笑道："不知你我这样人家的孩子，凭他们有什么刁钻古怪的毛病，见了外人，必是要还出正经礼数来的。若他不还正经礼数，也断不容他刁钻去了。就是大人溺爱的，也因为他一则生的得人意儿；二则见人礼数，竟比大人行出来的还周到，使人见了可爱可怜，背地里所以才纵他一点子。若一味他只管没里没外，不给大人争光，凭他生的怎样，也是该打死的。”

对于封建主义统治无法违抗，自己的民主主义思想和要求又不能放弃：于是贾宝玉的出路只有出家做和尚——那不是现实世界里的和尚，而是回到虚无飘渺的“太虚幻境”里去，大约还是去做什么“神瑛侍者”吧？总之，他只能在超现实的世界里找到出路。

而且，当他随着“空空道人”和“渺渺真人”离开这个现实世界的时候，他光着头，赤着脚，身上披着大红猩猩毡的斗蓬，还不得不去找在归途中船上的贾政倒身下拜，特意向父亲告辞。因此，在他决心“出家”以前，也须考得一个功名以报“亲恩祖德”。

续书作者这样一些处理，可说费了很大的心血：他是掌握了他的主人公的性格里这个症结问题的。

## 十二

贾宝玉典型形象的特征以及它所反映的矛盾和限度，跟原作者曹雪芹的思想是一致的。但是，因为贾宝玉的性格在书中是不断地成长、发展的，所以原作者直到原著八十回结束，还曾有多处对他的主人公的某些弱点给予讽嘲和批判。

作者对于贾宝玉的感伤主义和虚无主义并不表示异议或反对，因为作者自己显然具有同样的思想感情。但是贾宝玉一些稚气的、空想的、过痴过傻的感伤与温情，作者则不免要给以同情的挖苦和嘲笑。

第三十九回“村老老是信口开河，情哥哥偏寻根究底”，写扮演着丑角的刘姥姥为博得喜欢、投其所好，胡诌了“雪中抽柴”的若玉小姐的故事；贾宝玉信以为真，显出那等欲罢不能、严肃深挚的用心，打发焙茗去认真访了一整天。焙茗回来说，在田埂子上找到一个破庙，说“可好了”，一看泥胎，活似真的似的。贾宝玉喜的笑道：“他能变化人了，自然有些生气！”焙茗拍手道：“那里是什么女孩儿，竟是一位青脸红发的瘟神爷！”

作者对贾宝玉的一些迂阔之见和在斗争的关键问题上认识模糊、易受愚弄哄骗的弱点也加以揭发和讽刺。

第七十七回刚直纯真的晴雯遭受歧视和陷害，被残酷地撵了出去，贾宝玉痛愤难言，对袭人生了疑心，提出许多尖锐问题，使袭人窘态毕露，无可回答。于是袭人就用对贾宝玉惯用的诡谲的挟制手段，把话题岔开，故意说贾宝玉是咒晴雯死。贾宝玉对袭人诡诈的用心毫不觉察，还呆头呆脑地说什么阶下海棠花死了半边的坏兆头，又长篇大论发表迂阔的谬论。袭人接过来说：“就是这海棠，也该先比我，也还轮不到他。想是我要死的了！”这一下贾宝玉被她抓住了弱点，忙掩住她的口，劝道：“这是何苦？……罢了，再别提这事……”袭人听说，心下暗喜道：“若不如此，也没个了局。”这里通过对袭人鬼蜮伎俩的揭露，狠狠地讥讽了贾宝玉的软弱和胡涂。

贾宝玉不是不知道袭人的思想性格和自己是背道而驰的。但另一方面，袭人的身份和地位，同其他受压迫糟践的女子一样，他对她寄予了深切的同情和爱护；同时袭人从早一片真心待他，对他无微不至，他对她有特别亲切深厚的感情。这样，贾宝玉对袭人的关系就纠结着爱和憎，而他对处于被压迫地位的女子一贯总是以同情和爱护为主导的，这使他无法解决自己对袭人的矛盾。

他的性格的这一特点，不但成为弱点，老是被袭人抓在手里加以利用，而且也使他对袭人的为人在认识上有时清楚，有时模糊，不想去深究。因此，他不只对晴雯“善善而不能留”，对袭人也“恶恶而不能去”。这就使他在斗争的关键上显得软弱没有办法，只能自欺欺人、得过且过地苟安下去。

第七十八回那个伶俐的小丫头顺着贾宝玉的意思编了一套谎话，说晴雯咽气前自说死后去做花神，又见景生情地胡诌，说她专管芙蓉花。这些谎话正符合贾宝玉的内心要求，他不但不以为怪，亦且去悲生喜。他决心到晴雯灵前一拜，但尸已抬出焚化了，他扑了个空，回园顺路找林黛玉，林黛玉到薛宝钗处去了，再寻了去，薛宝钗搬走了，蘅芜院已空寂无人，他不觉大吃一惊，怔了半天。因转念一想：“不如还是和袭人厮混，再与黛玉相伴。只这两三个人，只怕还是同死同归。”

贾宝玉在这样严重的尖锐斗争关头，却一再地持这类迂阔无稽之见来为自己解慰苦痛，对晴雯的惨死、对袭人的奸伪，就都不了了之，安心要苟且地厮混下去了。在这种地方，作者对贾宝玉性格中弱点的揭发和批判是很严厉、很不留情的。

但所有这些，不仅是作者对他的主人公性格在肯定的前提之下持着善意的爱护的态度提出来的讽嘲与批判，而且也是贾宝玉性格在继续发展中存在的问题。

续书里描写了贾宝玉这些弱点的克服，或性格的进一步发展：当林黛玉郁病致死后，他并没有长久地和薛宝钗、袭人等苟且厮混下去，而是终于抛弃了她们，毅然决然出走了的当然，其中许多具体安排——如和薛宝钗做了颇为恩爱的夫妻，日后生子，贾家仍得“兰桂齐芳”；如贾宝玉思想发生变化，是因再游“太虚幻境”，由此悟了“仙缘”，才“斩断尘缘”等——都不对头，有心的读者会觉得遗憾，但这方面问题本文且不讨论。

## 十三

不用说，作者在书中一贯是以热烈赞扬的肯定态度处理他的主人公贾宝玉的形象的。

开头安排了一系列的神话，突出地渲染主人公为世俗所不容的新的性格和他跟林黛玉的悲剧关系。关于他的前身，一面说它是“顽石”、是“蠢物”，一面说它是“通灵”、是“宝玉”；一面说它“无才补天”，一面说它“灵性已通”。整个的神话以及这种正反两面的口吻，都表露着作者反对世俗之见，寄予主人公特殊的揄扬和赞美。

第二回用冷子兴和贾雨村的谈话来介绍还未出场的主人公，也是先说世俗之见的评论，而后又用较为高明的见解予以驳斥，再从而极力加以赞扬。

书中特意安排主人公在和林黛玉见面的场合出场，以最重的着色之笔来反复描绘。仍然先介绍出于世俗成见的贬词，再用站在面前的主人公光彩耀人的具体形象把那些贬词批判掉；两首《西江月》，也还是取嘲弄世俗的反语，以贬为褒，以抑为扬，对主人公作了笼括全书的赞美。

作者所采取的这种从批判反面来歌颂正面，或从否定世俗来肯定反世俗的态度和描写手法，在全书里面是一贯的。我们前面的阐论正是从这两相对立、彼此映照的具体描写来说明作品的思想倾向性的，这里面自然也正体现了作者的这种态度和手法。

作者在书中猛烈地攻击了腐朽罪恶的封建主义统治势力，对贾宝玉反封建、反世俗、一心倾向于被压迫、被糟践者的正义感情，以及他的全部以初步民主主义为主要内容的思想性格和行为活动做了极高的评价，并且以一种不胜悲慨之情，给予全心的同情和歌颂。

同时，从书中所安排的神话和一些超现实的情节描写里，我们也看得出来，作者对他的主人公在热烈爱护中，明显地带着惊异；在极力赞扬中，流露着觉得神奇；在全心歌颂中，显得以为不可解、不可知。于是贾宝玉这一高度现实主义艺术的典型形象出现在我们读者之前的时候，被作者点染了许多神秘主义的云雾。这些神秘主义的东西正是作者企图解释它、说明它，因而才带了出来的。

第二回里写尚在落拓中的贾雨村驳斥世俗说主人公“不过酒色之徒”，“将来色鬼无疑”，罕然厉色道：“非也，可惜你们不知道这人的来历。大约政老爷也错以淫魔色鬼看待了。若非多读书识事，加以致知格物之功，悟道参元之力者，不能知也。”但贾雨村所能作出的解说，只是把他比做古来封建社会里传统的优秀人物——“情痴情种，逸士高人”。

第五回写“太虚幻境”，作者写了一个“司人间之风情月债，掌尘世之女怨男痴”的警幻仙姑。她款待贾宝玉喝“千红一窟”的茶，饮“万艳同杯”的酒，听“开辟鸿濛，谁为情种”的红楼梦曲子，后来对贾宝玉说，“……吾所爱汝者，乃天下古今第一淫人也”；又详加解说道：“……淫虽一理，意则有别。如世之好淫者，不过悦容貌，喜歌舞，调笑无厌，云雨无时，恨不能天下之美女供我片时之趣兴：此皆皮肤滥淫之蠢物耳。如尔，则天分中生成一段痴情，吾辈推之为‘意淫’。惟‘意淫’二字可心会而不可口传，可神通而不可语达。汝今独得此二字，在闺阁中虽可为良友，却于世道中未免迂阔怪诡，百口嘲谤，万目睚眦。……”

这些议论，我以为都可以看做作者从活生生的对现实体察中，认识了这种新的性格的特征，他努力要正确地说明它，但是难于寻找确当的概念或语言，只好用“情痴”“情种”等名目，又觉得不能尽意，不够妥帖，就又找来“意淫”二字，特意加以诠释，指明须作特殊的意思来理解。此外，作者再无法说明这个性格了。

自来《红楼梦》的评点家批注家，一般也袭用“意淫”二字来说明贾宝玉的特征性格，但已与上引警幻仙姑所解说的词义完全相背，而是用了作者再三驳斥的世俗之见，按照字面望文生义来作理解的。

庚辰本脂批有两段说的比较老实。例如第十九回批贾宝玉对袭人说话一段："这皆宝玉意中心中确实之念，非前勉强之词，所以谓今古未有之一人耳。听其囫囵不解之语，察其幽微感触之心，审其痴妄委宛之意，皆今古未见之人，亦是未见之文字，说不得贤，说不得愚，说不得不肖，说不得善，说不得恶，说不得正大光明，说不得混帐恶赖，说不得聪明才俊，说不得庸俗平凡，说不得好色好淫，说不得情痴情种，恰恰只有一颦儿可对，令他人徒加评论，总未摸着他二人是何等脱胎，何等骨肉。余阅此书，亦爱其文字耳，实亦不能评出二人终是何等人物。后观情榜评曰：'宝玉情不情，黛玉情情'。此二评自在评痴之上，亦属囫囵不解，妙甚。"老实承认对这个新的性格不理解，但认为是"今古未有之一人"，或"今古未见之人"，这倒为我们作了很好的说明。

有位署名"读花主人"的，在光绪十四年版《增评补像全图金玉缘》上面作有人物论赞，对书中人物的理解，我以为高出任何评点家。其中《贾宝玉赞》说："宝玉之情，人情也，为天地古今男女共有之情，为天地古今男女所不能尽之情……

此为天地古今男女之至情……我故曰：宝玉圣之情者也。”

这里正面说明的，用来诠释上引警幻仙姑说的话，我想倒还比较中肯些。这所说的“天地古今男女之至情”，不只是男女关系的“情”，而是一种广义的“情”，即“人情”，这是长期封建主义社会秩序所压制的东西。当时进步的思想家特意提出来加以鼓吹，并且用以反对“理”、批判“理”的，也就是这东西。用我们今日的话说，就是要求“个性解放”，要求“人性自由”，就是“人道观念”和“人权思想”，就是民主主义精神。

## 十四

贾宝玉典型形象的特征是复杂多端的，但是民主主义却无疑是它的主要内容。

有人怀疑贾宝玉性格中民主主义精神的来头。他们说：在那种“富贵温柔之乡”的生活环境里，怎么可能产生这样的进步思想?

有人否认贾宝玉性格反映了当时历史与社会的新的内容。他们说：贾宝玉性格的民主性内容，不过是自古以来中国封建社会内优良传统的因素，其中没有什么新的东西。

林黛玉（未完稿）

也有人承认贾宝玉性格含有新的现实内容。但又觉得贾宝玉成天关在大观园里，现实社会可能给他的影响很遥远，难于指明；因此还是只好过分地去强调我国古代进步文化传统对他性格所起的作用。

根据本文的分析，我想提出下面几点意思：

封建统治阶级和被压迫人民并不是各有一个自己的天地，彼此隔离着，互不相关。因此，贾宝玉固然生活在封建统治阶级社会里，生活在“富贵温柔之乡”的大观园里，但是我们不能以为他的生活环境就和人民的“现实社会”截然划开，没有关系。

我们也不可脱离实际生活，把“阶级矛盾”的概念作简单化的理解，以为只有像《水浒传》所描写的斗争才是阶级矛盾，在贾宝玉的生活里就没有阶级矛盾，而贾宝玉所受的压迫、所参与的斗争就与现实社会的阶级矛盾无关。

我们也不可脱离实际生活，把“人民”或“市民”的概念作简单化的理解，以为只有像住在村庄里的“二丫头”之类才是人民（事实上住在农村里的也不一定就是劳动人民），以为只有城市手工业者、织造工匠才是市民，贾宝玉的生活环境里就没有人民或市民。

从书中的具体描写看，贾宝玉的生活环境里存在着两个矛盾对立的世界，这是很清楚的。贾宝玉认识这两相鲜明映照、尖锐对比着的世界，他以分明的爱憎态度和感情，背叛了自己出身的本阶级，站到处在被压迫地位的一边去，并且把自己的切身问题和这些处在被压迫地位人们的幸福问题完全连结起来：由此，从他丰富的阅历和苦痛经验中，逐步发展了和巩固了他独特的思想性格。

我们也清楚地看出来，给予他的思想性格以积极影响，使他的民主主义精神得以萌生与成长的，主要就是他生活上密切接近、精神上倾心亲爱的居于被压迫地位的众多男女青年们——首先是那些境遇悲苦、资质优美的女孩子们。她们和他们的具体境遇与内心精神以及在生活中所体现的迫切要求，不断地启发着他、薰陶着他；他在切身问题上所作的热情追求、所受的严重压迫，不断地教导着他、锻炼着他：由此，凭他敏锐的体察和很好的文化知识的修养，经过融合与提高，就使他性格中的民主主义精神日见深入巩固起来。

贾宝玉的生活环境正是当时封建主义统治下整个现实社会重要的剖面和缩影；这个环境里极其复杂错综的斗争冲突的主要环节，正是当时整个现实社会主要矛盾的具体反映。

为贾宝玉所倾心亲爱，从而对他的性格给予了积极影响的那众多男女青年们——主要是女孩子们，实质上正就体现了当时人民或市民的历史处境与时代要求。而且，她们和他们之中的绝大多数自身正就是人民或市民。

对贾宝玉性格的形成发展起了决定作用的，是社会现实的条件与因素；只有在这种现实的基础上，他才有可能接受并进一步发扬古来优良文化传统的影响。一味地或过分地强调文化传统的作用，不止不符合作品的具体内容，同时也是违背事理的。

假如贾宝玉只接受了优良文化传统的影响，他的性格自必不会有什么新的内容；那么，就贾宝玉这个具体人物说，恐怕也就只能象书中第二回贾雨村所说的，不过是“情痴情种”“逸士高人”之类。可是这样的人物或典型，贾雨村也已具体指明，在我国历史上和文学作品中经常出现，为人所熟知。我们从贾宝玉形象的特征内容看，从作者的处理态度看，从作者和他同代人的理解情况看，可以知道事实远不是如此的。

看不到或忽视了产生贾宝玉性格的社会现实的根由，也就不能认识贾宝玉性格的新的内容。

如前文所阐明的，从贾宝玉形象的主要特征，我们可以看出色彩鲜明、线条清楚的民主主义精神的完整轮廓或雏型：这在当时我国历史现实中、在我国古典现实主义文学中，无疑是“新人的典型”。我国封建社会内要是没有资本主义萌芽的孕育，要是当时生产关系在原有的社会基础之上没有发生一些显著的变化，那就不仅不可能出现贾宝玉这样的典型形象，首先应该是不可能出现作品所描绘的那样形态的典型环境、那样形态的人与人间矛盾对立的关系，更为重要的是不可能出现那样种种不同典型的、具有光彩耀人的内心精神的女子们。

贾宝玉形象的特征所反映的矛盾和限制，也是复杂多端的。其中有许多东西当然应该归于没落阶级的属性，比如那些感伤主义和虚无主义成分。但是当时的历史条件还是它的矛盾和限制的主要根源。

在当时历史阶段，封建主义制度虽然早已到了衰朽不堪、濒于最后崩溃的地步，资本主义萌芽虽然曾有长久孕育的历史，但后者仍然远没有脱离前者的社会基础而独立。史实告诉我们，当时各种工矿实业、国内外商业和银钱业，随着经济的恢复，开始有了显著的成长。可是这些新的经济因素，都是掌握在封建主义统治者之手；资金所有者和官僚、地主紧密地结合着，成为“三位一体”的社会统治势力。于是处在萌芽状态的资本主义因素，和衰朽的封建主义势力之间，一面抵触着，一面却又依存着。在这种形势下面，生活处境最感苦痛的，首先是被迫脱离了土地、脱离了自给自足小农经济生产的广大城乡被压迫人民。他们迫切要求巨大的变革，但又困在黑暗的现实中，看不到自己的斗争道路。

《红楼梦》的作者曹雪芹从他自己的生活经历里面敏锐地感受到那时代的窒息气氛，深刻体验到社会统治势力的罪恶，通过他天才地创造的以贾宝玉为主人翁的巨著，提出了控诉与诅咒，同时描绘了自己所向往的生活理想，这正和当时广大被压迫人民内心的苦痛状态和热切要求完全相通的。

作为伟大艺术家的《红楼梦》作者，凭他的生活体验和形象思维，通过贾宝玉典型所说道、所宣传的，和当时历史阶段我国伟大的思想家、学术家所呼吁、所主张的，那内容实质也是一致的。这些先进的思想家、学术家，一面鼓吹人的“情”“性”或“欲”，以反对统制文化思想的“理”，但一面还是只能以儒家经典为依据，为孔孟之学作新的解说；一面反对专制政治，攻击“后世之为君者”，一面还只能向往于古代仁君之政，拿“古之为君者”作根据来要求新的政治：他们所提倡鼓吹的，含有明显的民主主义的新的因素，有强烈的反对封建主义文化与政治的要求，可是同时也没有能够脱离封建主义思想体系。

我们知道有一个民间故事：一个樵夫，坐在树枝丫上面，用斧子砍他所坐的那枝丫；他所要砍掉的，正是他赖以托身的。

这个故事是可笑的，但就历史现实说，却是可悲的！

1956年6月16日补毕。

（原载《北京大学学报》1956年第4期）

李纨　　黛玉　　湘云

**红楼仕女图**

# 贾宝玉的性格特点和他的恋爱婚姻悲剧

对于《红楼梦》，向来有人认为有两个主题，一个是写贾宝玉的恋爱婚姻悲剧，一个是写封建统治阶级家庭的崩溃。我是不同意这种看法的。这不像鸡蛋那样，可能有双黄蛋。它是一个黄，一个主题。《红楼梦》主要是通过主人翁的恋爱婚姻悲剧，表现产生这个悲剧的客观原因。作者的认识能力非常高，在中国古代小说中，是继《水浒传》后的又一个高峰。首先不是因为《红楼梦》的技巧好，不是因为作者有非凡的艺术才能，而是因为认识能力高，看问题跟人家不同。他看出这个恋爱婚姻悲剧不简单，根子扎得很深，很广。为了交代客观的社会根源，有必要描写社会环境，描写家庭及其内部的斗争。作者就是通过社会环境来表现贾宝玉的恋爱婚姻悲剧的，因此不是两个主题。假如把以家庭为主的社会环境同恋爱婚姻悲剧割裂开来看，就会削弱《红楼梦》的主题思想，削弱对作者伟大认识能力的估价。

讲到恋爱婚姻悲剧，并不是一个悲剧，而是两个方面的悲剧，一个方面是贾宝玉和林黛玉的关系，这是恋爱关系，这个恋爱是个悲剧，这个悲剧表现的是一方面社会问题；另一个方面是贾宝玉和薛宝钗的关系，这是婚姻关系，这个婚姻也是个悲剧，这个悲剧同贾、林的恋爱悲剧有不同的意义，表明了当时社会另外方面的问题。这两个方面悲剧以贾宝玉为中心，作者从这两方面来挖掘悲剧的根源：一是从客观的社会环境方面，一是从当事人的思想性格方面。作者对人物性格挖掘得很深，在这方面，《红楼梦》在中外的古典文学中，都是很突出的。

唯其性格挖掘得深，对悲剧的根源也交代得深。另一方面是客观原因和社会环境。这个客观原因和社会环境联系得很广，也挖掘得很深。唯其对社会环境描写得广泛而深刻，对悲剧根源也就挖掘得深刻。话是这么说，但不要引起误会，以为悲剧的根源有两个——主观原因和客观原因，在哲学上讲就是所谓二元论。因为当事人的性格也是客观环境养成的，作者一方面描写性格，同时就描写产生这些性格的社会原因。因此，归根结蒂是一个原因，即社会原因。人是社会中成长起来的，人的思想性格也是在这个社会环境中培养起来的。

贾宝玉、林黛玉、薛宝钗都是《红楼梦》的主要人物，而贾宝玉更是中心的主要人物。这里，我们先来谈一谈贾宝玉的思想性格。

贾宝玉性格是怎样产生的？有什么特点？现实主义文学不仅要写出典型性格，而且要写出典型环境。曹雪芹所塑造的贾宝玉的形象完成了这个任务，并且还写出了这个性格一步一步的发展，而一般水平的作家是很难写出这种发展的，正因为如此，我们才说曹雪芹的创作达到了现实主义的高度。贾宝玉的性格不简单，就是因为他是发展的，所以我们不能像一些评论家那样，以他的部分性格去说明他的全面。

贾宝玉性格上的一大特点是他以封建社会中的公子哥儿而能平等待人，同情封建社会中所谓地位卑贱的人。封建社会以男性为中心，而宝玉则看不起男性，厌恶他们；另一方面对丫环则十分尊重。他讨厌士大夫，但能和演员交朋友。统治者与被统治者、压迫者与被压迫者，本来是对立的阶级，面对这一阶级斗争环境，贾宝玉的倾向是站在被压迫者这一边的。他曾说："女儿是水做的骨肉，男人是泥做的骨肉，我见了女儿便清爽，见了男子便觉浊臭逼人！"他处在丫环群中，不仅很少主子架子，而且成天挨她们的骂，一点不生气。本来丫环是伺候他的，可是他反倒以伺候丫环为乐事。他的这种性格特点在封建社会里是很了不起的，在很大程度上破坏了封建秩序，否定了封建等级观点。

贾宝玉性格上另一特点是对封建制度的一般规矩不肯遵守。他不乐意与士大夫往来，只愿把怡红院的门关起来，成为封建社会中一个无法无天的世界。摆在封建地主阶级少爷贾宝玉面前有两条道路：一是当封建士大夫，去做官；一条是同丫环、“戏子”在一起，走入下层。他选择了后一条。他十分尊重、体贴女人，但也有他的原则，史湘云受了薛宝钗的影响，劝贾宝玉要注意仕途经济，贾宝玉便立即给她过不去；薛宝钗也遭到过同样的对待。

贾宝玉反对读“四书五经”，不愿考科举，不遵守封建的社会秩序，能够平等待人：把这一系列的东西联系起来看，就形成了一个系统，说明他是一个民主主义者。在二百多年前，他是进步分子，是个新的典型人物。《红楼梦》以前的文学作品里，还没有出现过这样的人物，这是一个崭新的形象。

贾宝玉这个形象是怎样产生的呢？其来由也不玄妙，是走向没落阶段的封建社会培养起来的人物。他是公子哥儿，自幼受祖母溺爱，没有受到正常的封建主义教育，所有这种企图都被祖母挡回去了。女人当权在大观园里是个要点，标志着这个家庭和整个社会已经走向衰败的阶段。说起来，女人当权好象并没有什么了不起，可是在封建社会里，它的意义是很不简单的。封建社会以男性为中心，本来是男子当权的。可是男性往往腐朽无能，女性当权就是在这样的情况下出现的。这是封建社会里十分严重的问题。在贾府中，贾母是至高无上的老祖宗，王熙凤总揽一切事务，妇女的势力占了压倒优势。但贾母与儿子贾政之间还是充满斗争的，宝玉挨打突出地表明了这个问题。贾政想把对子女的教育权抓回自己的手里，贾母则不肯让儿子有权。斗争的结果，是儿子叩头表示“从此以后再不打他了”。在封建社会里，正常的状况是应当尊重父权的，祖母也不应该争夺儿子的父权。但贾母无视这一切，根本不想让儿子掌权。贾母能够把贾政作为父亲教育儿子的全权抓到自己手里，这就体现了男子的腐朽无能。在这种情况下，贾宝玉由于祖母的溺爱，又没有父兄作为自己的榜样，甚至所有父兄皆为他看不起，这就使得他没有能接受正常的封建教育，反而产生了民主主义思想；假如不是这样，他是不大可能变成叛逆的。

产生贾宝玉性格更重要的原因是贾宝玉周围的许多丫环对他的影响。不能忽视这批人的作用，因为贾宝玉从小在这些女孩子中长大。这些姑娘都是城市和乡村中劳动人民的女儿。同贾宝玉最亲近的几个丫头，比如袭人，就是城市贫民的女儿，家里穷，没有饭吃，几两银子卖给了贾家。又如晴雯，连她父母是谁都不知道，是赖大家买来作为礼物送给贾母的。这些是外面买来的。还有一种丫头属于“家生子儿”，是世世代代的奴才。例如鸳鸯的父母亲都是贾家的奴才，鸳鸯的父亲在南边给贾家看房子，鸳鸯的母亲死了，想回家去看一看都不可能。另外，还有从苏州买来的唱戏的小演员，如芳官、药官、葵官等等。这些女孩子在大观园中占了绝大多数。不管这些丫头们的性格怎样，思想上受封建阶级的影响也有深有浅，可是她们的客观条件是共同的：第一，她们都有一个悲惨的、充满血泪的身世；第二，都处于被奴役的地位，生命毫无保障，要把你配小子就配小子，逼死了就抬出去埋掉；第三，未来的命运不可捉摸。贾宝玉从小受她们照料，在这些被压迫的劳动人民的女儿身边长大。以此为起点，形成他的民主主义思想，是非常自然的事。贾宝玉同情丫环们，站在她们一边；他爱她们，但不是男女之间的爱，而是认为她们的精神美，性格美，比贾政、贾琏、薛蟠等人们，要好几千倍。过去有人认为贾宝玉的性格没有什么进步的地方，成天跟女孩儿厮混，是个“淫棍”；现在这样的意见少了。但是还有人怀疑，说贾宝玉生在富贵之家，从不参加社会活动，又怎么能产生进步思想？他们忽略了贾宝玉身边绝大多数都是被压迫的丫头，而且多是不顾一切敢于起来斗争的丫头。统治者不把这些丫头当人看，甚至看得连鸡犬都不如。而贾宝玉却尊重她们，同情她们，爱护她们，平等地待她们，在两相对立的矛盾斗争中，坚决地站在她们的一边。对于统治阶级认为最卑贱的人，贾宝玉却评价极高，看到她们品德的美。这是两百年前中国封建社会中不大可能有的进步思想，是曹雪芹塑造出来的理想的典型。

贾宝玉的性格是发展的。他生活在那样一个极端腐朽而又富贵的温柔乡里，不可能不沾染上这样那样的缺点。如果作家不写出这些东西，便违反了现实主义的创作原则。曹雪芹高明的地方也正在于他在写出贾宝玉进步思想的同时，也写出他的很多坏思想、坏习惯。贾宝玉有腐朽的地方，和袭人就有暧昧关系，但那是在贾宝玉的前期，以后经过斗争，他在男女关系上越来越严肃地分清楚了哪是腐朽、哪是纯洁。其次，他也曾骂过、打过丫环，发过脾气，这都是公子哥儿必然有的，但往后则越来越体贴、关怀。尤其是在恋爱问题上受到封建阶级的压迫和打击之后，他对丫环的同情甚至发展到不健康的感伤主义的程度。在《红楼梦》讨论中，有人说贾宝玉只喜欢没有结过婚的女孩子，不喜欢老婆子。这完全是事实。当然老婆子也是奴隶，但贾宝玉认为她们是家长的爪牙，主子命令的执行者。司棋、晴雯的被抓出去，都是这些人下手干的。贾宝玉怕读书，可是这些人却经常吓唬他说：“小心老爷问你的书！”

因此，宝玉对这些人的厌恶实际上是对封建势力的厌恶。宝玉一看到女孩子结婚就起反感，因为她们没结婚以前还是被压迫者，可是结了婚，慢慢就变成封建主义阵营中的一个细胞了。

从以上两件事已经可以看出，《红楼梦》充分显示了贾宝玉性格的发展。但性格的要点还是思想，贾宝玉的民主主义思想仅仅是初步的，总的看来，他还没有摆脱封建主义思想体系，没有否定封建社会秩序，没有反对作为封建政治统治的君权和亲权。他对于家长只能逃避，只能阳奉阴违，还不能公开宣称不承认其统治。尽管他在恋爱婚姻问题上没有向封建势力妥协，但还是等待家长为他作主。这是历史的局限，而更重要的还是阶级的局限，也是造成《红楼梦》悲剧的原因之一（林黛玉也是如此）。因此，他只能在特殊的环境中发展自己的进步思想。而就是这种使他能够在那个封建家庭中发展自己个性的特权，也是家长（贾母）给他的，离开了家长他也毫无办法。这就造成了一个可悲的事实：贾宝玉所反对的，正是他所依靠的势力。在这里使我们想到中国资产阶级的软弱性，他们反对封建主义，但又必须依靠封建主义。正像一个民间故事所说：樵夫坐在树枝上砍树，树砍倒了，自己也摔了下来。由于这个缘故，贾宝玉的斗争是软弱无力的，他不能做有效的斗争。面对着无法解决的矛盾，只好陶醉于老庄、佛法中，以虚无主义来宽慰自己。因此，与贾宝玉民主主义思想同时发展起来的，便是他的虚无主义思想，只想到死，看不到自己的前途。所以，作品一开始就充满感伤主义情绪。曹雪芹不仅没有批判贾宝玉的感伤主义，反而歌颂它、赞美它，这表明作者与封建主义也还没有割断联系。贾宝玉的虚无主义思想实际上就是曹雪芹的虚无主义思想。我们对《红楼梦》的感伤主义与虚无主义必须进行批判，否则，没有正确思想的青年人读这部小说很容易被它的感伤主义牵着鼻子走。

我们再来看看贾宝玉和林黛玉的关系。为什么他选中林黛玉而不要薛宝钗，这得从林黛玉的身世、性格谈起。《红楼梦》一开始就很扼要地交代了黛玉的出身。林家原是世袭三代的侯爵，传到黛玉的祖父时皇上加恩增袭一代，到黛玉父亲林如海时，就没有世袭，这个贵族家庭已经没落了。林如海本人是封建时代正派读书人，也是正派士大夫，他的妻子贾敏死后，不想再续弦。林家门第小，支庶也不繁，如海有个儿子死了，只有一个女儿黛玉。一个孤单的父亲当然不能很好地教养女儿，于是不得不把黛玉送到外祖母家。林如海对这点是很难过的。出身于这样一个门第不高、社会地位较贾府为低的没落贵族家庭，平时又娇生惯养的小姑娘林黛玉，十一岁进入势利、煊赫的贾府时，浑身的细胞都是紧张的，唯恐多说一句话，多走一步路，让外祖母家人瞧不起。黛玉进贾府后，上下人都在掂她的分量，而她又有很高的自尊心，这种自尊心离不了她所处的环境。在这里，唯一的亲人只有贾母，所以最要紧的是不能被人瞧不起。等到林如海死了以后，黛玉变成一无所有、无依无靠的孤女，实际社会地位已降到最底层，与香菱差不多一样了。所不同的是比香菱多个外婆，依着外婆的保护还过着小姐生活。但外婆年纪很大了，一旦死掉，也就什么也没有了。香菱被人卖作妾，难道自己没有可能遭到类似的命运吗？这不能不使她满腹忧愁。所以要了解黛玉的性格，必须了解她的出身和社会处境。再加上林黛玉很聪明，早就感觉到这个环境的封建政治势力的肮脏、污秽和威胁。因此，形成林黛玉性格的是她与环境的严重矛盾。她的脾气大、脾气坏，就是与那个环境相矛盾的结果。

作者安排了一个很突出的情节——葬花，来描写林黛玉的性格。林黛玉从落花联想到自己的身世，花像自己的纯洁美丽，而自己所处的环境像污泥一样的肮脏，花谢了终究要落到污泥里去，所以怜花就是自怜，葬花就是自爱。写葬花就是写林黛玉的性格要点，经过场面的烘托和情节的概括，把林黛玉的性格突出地描写出来了。薛宝钗不会去葬花，史湘云也不会去葬花，她们没有这样的感触。只有林黛玉这样身世、处境和性格的人才会去葬花。

林黛玉与贾宝玉的相爱也有一个过程，是一步一步发展的。先是两人同吃同睡，本来在封建社会里，男女七岁不同席，但由于贾母的宠爱，就把孙儿与外孙女一体看待了。贾宝玉和林黛玉并不是一开始就搞起恋爱来的，起初是青梅竹马、两小无猜，有的只是小表兄妹之间的亲密。林黛玉从所能看到的人们当中，发现宝玉和她的思想有共同之处，宝玉尊重女性，所以黛玉不感到他下流、肮脏、污秽，然后才发展到初恋。然后又由于读《西厢记》和听《牡丹亭》，以及春天环境的影响，才发展到自觉的恋爱。可是林黛玉虽然已自觉意识到这一点，但口头上还不敢承认，宝玉一说，她就生气。因为她的思想深处还存在着封建主义的东西，她考虑到如果别人知道自己在恋爱，是会瞧不起她的。尽管这样，他俩的爱情仍然逐步发展到了热恋阶段，终于爱情成熟，矛盾解决。

贾宝玉同林黛玉爱情的成熟阶段，也是贾宝玉思想的成熟阶段。这可以拿第三十二回“诉肺腑心迷活宝玉”为标志。这一回开始写史湘云受了薛宝钗的影响，也来规劝宝玉，要他别老在女孩子队里鬼混，“也该会会这些为官作宦的，谈讲谈讲那些仕途经济。”宝玉听了立刻说：“姑娘请别的屋里坐坐罢，我这里仔细腌臜了你这样知经济的人。”闹得史湘云下不了台。我们知道贾宝玉最尊重和体贴女孩子，可是在这种关键问题上，他却毫不留情面。下面袭人接着说：“……上回也是宝姑娘说过一回，他也不管人脸上过不去，‘咳’了一声，拿起脚来就走了。宝姑娘的话也没说完，见他走了，登时羞的脸通红：说不是，不说又不是。——幸而是宝姑娘，那要是林姑娘，不知又闹得怎么样、哭得怎么样呢！”宝玉接着说：“林姑娘从来说过这些混帐话吗？要是她也说过这些混帐话，我早和她生分了。”这就是贾宝玉的原则性，一点儿也不含糊。这些话正好被黛玉无意中在门外听着，心里又惊又喜，又悲又叹，不好意思进来。接着宝玉出门，赶上黛玉，倾诉肺腑，这时，他们的爱情达到了白热的地步。作者描写他们爱情的成熟，同贾宝玉的思想成熟是一致的。

“诉肺腑”是贾宝玉和林黛玉爱情发展过程中不可忽视的情节。爱情的发展，也就是思想的发展。在青梅竹马时期，他们都经常地吵，这就是矛盾的具体表现。黛玉对宝玉必须有一个认识过程，因为宝玉身上也还存在着腐朽的劣根性，见一个爱一个，也有不尊重黛玉的表现，所以黛玉对宝玉是否真正专一地爱她，最初还是有怀疑的。因此，她同宝玉不可能没有矛盾，他们经常吵，但吵的内容在各阶段也不相同，热恋时期吵得尤其厉害。矛盾在发展，爱情也在发展，矛盾解决的过程，也是他们思想一致、矛盾统一的过程。在恋爱中，贾宝玉的思想有着明显的发展过程，这也是他的民主主义思想的发展。在林、薛之间，他逐渐认识到谁是知己，薛宝钗常常劝他追求功名富贵，而“林妹妹从来不说这些混帐话”，这是贾宝玉思想的成熟，也是与黛玉爱情的成熟。所以到“诉肺腑”后，林得到了贾的保证，以后就不再吵了。由此可见，贾、林的爱情是有思想内容的，排除了一切低级趣味。在《红楼梦》以前的小说、戏曲文学中，几乎没有看到过一部以思想为基础的描写爱情的作品。《西厢记》中张生和莺莺的爱情基础主要还是郎才女貌，一见钟情。林黛玉的相貌当然也美，可是贾宝玉主要不是爱她的色相，如果他只爱色相，就会去找薛宝钗。薛比林长得还好，林黛玉脾气别扭，身体又坏，贾宝玉为什么不爱宝钗而爱黛玉呢？他爱的是思想。林黛玉身世飘零，一无所有，这是她为贾宝玉所同情的客观处境；林黛玉心灵的纯洁，在贾宝玉看来就是美。林黛玉的思想性格中具有广泛而深刻的社会因素，作者写林黛玉不是孤立的一个人，而是概括、集中了使贾宝玉感动、同情和爱护的女孩子们的客观要点和主观要点。因此，他们的爱情是根深蒂固的，生死不渝的。从这一点讲，贾宝玉的爱情是不庸俗的。身体坏可以养好，脾气坏是因为环境不好，环境好，脾气是会好的。所以书中写他们的爱情也就是写他们的思想。总之，贾、林的爱情关系是一步步发展的。但有些人改编戏剧、电影，却乱调情节，一开始便写诉肺腑，矛盾已经解决了，然后才写葬花，又大吵大闹，这就破坏了现实主义艺术的发展规律。

同贾宝玉一样，林黛玉的性格一方面有民主主义，另一方面还是有局限性。鲁迅先生说过，一个人不可能抓住自己头发离开地面。在封建主义的思想体系下，有些东西她是无法摆脱的。贾宝玉有感伤主义，他对前途不是很有信心。林黛玉更是如此。我们不能把封建思想的束缚仅仅看作是外在的。在林黛玉的头脑中还有严重的封建思想。他们热烈地进行自由恋爱，迫切地要求婚姻自主，可是仍旧等待着家长给他们订婚。有人说，怡红院、潇湘馆的财物不少，为什么不收拾收拾跑掉？我们说，他们思想中有落后的一面，受它紧紧的束缚，他们不会跑，也不可能跑。存在决定意识嘛！如果问这是阶级的局限，还是时代的局限？我们说两方面都有，而主要是阶级的局限。林黛玉实际上在搞恋爱，可是口头决不承认，贾宝玉一说我们在相爱，她立刻生气，放下脸来斥责宝玉。尤三姐就不是这样，她公开声明婚姻要由自己作主，对象要由自己选择。智能儿这个小尼姑，除了封建束缚外，还有一层宗教束缚，可是她就敢私奔到秦钟家里去。至于林、贾二人，不但不敢私奔，而且连想也不会想的，所以我们说主要是阶级的局限。林黛玉虽然是个一无所有的孤女，可是还有一个外婆，过的还是小姐的生活，封建小姐自尊自贵的意识还是很浓厚的。自己束缚自己——这就是林贾两人爱情悲剧的思想原因。当然，在那样的条件下，这一爱情悲剧还是值得我们同情的，它具有着深广的思想意义与社会意义。

对于薛宝钗，作者同样写得很扼要。她家是皇商，给皇家当买办。在封建时代，商人没有社会地位，薛家虽然是皇商，但作为豪门，政治地位比不上贵族。《红楼梦》中贾史王薛四大豪门，薛家排在最后，大概也因为政治势力差。作者写薛家，首先写薛蟠为争英莲（后来改名香菱）打死冯渊，出了人命。书中轻描淡写，好像花几个钱就可完事，其实也要看具体情况。封建社会的官府草菅人命，视为常事，但你得有政治势力做靠山，不然还是要偿命，弄得你家破人亡。所以薛家母子三个——薛姨妈带着宝贝儿子加上薛宝钗，要进京去投奔贾家。不这样做，后来贾雨村就不会徇私断案。书中写薛蟠进京有四条原因：一来送妹候选；二来望亲；三来亲自入都销算旧账，再计新支；四来游览上国风光。对薛蟠的性格我们是完全了解的，他不可能有这样一套精密的想法。第一条送妹妹候选，他不会有这样高明的主意；第二条探望亲戚，他不会关心这些事情；第三条整理店务，更不放在他心上；倒是最后一条“游览上国风光”才是他真正的意图。头三条都不是薛蟠的主意。所以要上京，是薛家的家庭现状提出的要求。送薛宝钗候选就为争取政治势力。在封建时代，一般善良的父母都不肯把自己女儿往深宫里送，牺牲女儿的终身幸福来谋求富贵。《聊斋志异》中的《窦氏》《刘夫人》以及川戏《拉郎配》都写了这方面的情形，为了逃避选入深宫，硬把十一二岁的幼女往外送。薛家却不是这样。作者写这一条就是贬薛家，同时也点出薛家的阶级本性——他们缺乏政治势力，现在闹出人命案，迫切要求政治势力的支持和庇护。关于候选的事，以后撇开不提了。薛姨妈是控制不了也依靠不上薛蟠的，薛宝钗才是薛家的灵魂和主宰。薛家如果没有薛宝钗，很难想象将怎么办。所以薛宝钗是不能真的进宫去的。到了北京，薛家投奔贾府，很快他们就认为国公府也挺不错，尤其是有贾宝玉这样一个有希望的人。

薛家在京中有很多房子，本来，完全可以住到自己家里去，俗语说，“探亲不如访友，访友不如住店”，自己家有漂亮房子，为什么非跑到贾家去住？而且简直是赖着不走！作者先把他们安排住在梨香院，呆了一个时候，又把他们迁到东北角上另一个小院子去，让出梨香院给从苏州买来的十二个唱戏的女孩子住。作者写薛家住在贾家的前后情形，连搬了一次家也不漏掉，实际上是暗示薛家不肯走：你把我安排在梨香院住，我没有意见；你要我搬出梨香院让给唱戏的女孩子住，我也不生气。林黛玉起反感的东西，正是薛家迫切需要的东西。林黛玉深深感到被政治势力压得慌，而薛家则时时刻刻在争取这势力。

贾宝玉那块玉，作者硬要写成从妈妈肚子里带来的，这是神话，我们没有办法。那么你写薛宝钗的金锁又是哪里来的？他一会说是和尚给的，一会儿又说那锁上的“不离不弃，芳龄永继”八个字是和尚给的，又说什么命里注定必须有玉的才能配。我们知道，只有贾宝玉才有玉。又如，作者写薛宝钗从小不爱花儿粉儿，平常穿半新不旧的衣服，连周瑞家的送去宫花她都不要，转送给了别人。可是那把沉甸甸的金锁，为什么老是挂在胸口？薛宝钗自己也说冷冰冰的。第八回写宝玉、宝钗互看玉锁，宝钗拿着那块宝玉，把“莫失莫忘，仙寿恒昌”八个字念了一遍又一遍，旁边莺儿接着说：“……这两句话，倒象和姑娘项圈上的两句话是一对儿。”宝玉原来不知道有金锁这回事，听莺儿这么说，才要求薛宝钗给他看看金锁。这一回在脂砚斋八十回本中叫“看金锁金莺微露意”，实际是暗示求婚。在封建社会，从没有女家向男家求婚的，何况林黛玉来在薛宝钗之先，同宝玉的感情很好，又是贾母的外孙女。因此，非得让自己姑娘有把金锁，扬言必须有玉的才能配亲，并且还要找机会显露这把锁，这不是求婚是什么？

《红楼梦》写薛宝钗和贾宝玉之间的关系也是一步一步发展的。从第八回到二十二回是第一阶段。有人说，薛宝钗一脑袋的封建思想，是个典范的封建淑女。我不同意这样的意见。且看《红楼梦》如何描写：在二十二回以前，作者写薛宝钗老是跟着宝玉转，每当贾宝玉、林黛玉在一起时，紧跟着总是"宝姑娘来了"。用北京的土话说，叫做"夹萝卜干儿"。论理，像宝钗这样的人，应该成天跟着李纨、迎春、探春、惜春等人才是，现在成天跟着宝玉转，这又算得个什么封建淑女！当然，我不是说薛宝钗就没有资格同贾宝玉恋爱，但你不要嘴上一套，心里又是一套，搞得贾宝玉很腻烦。比如有一次贾林两人正闹别扭，宝钗在旁不走，宝玉就撵她去陪贾母打牌。贾林两人有一阵子老是吵嘴，而且越吵越凶，主要的矛盾就是为了"金玉良缘"之说，许多吵闹都是从这引起的。

从二十二回起，情况有所变化。从这回起开始了第二阶段。贾母喜爱薛宝钗"稳重和平"，要给她做生日。这里作者怕读者不注意，因为书中写过生日的事情很多，点明这不是普通做生日，而是贾母好像有点看中了宝钗，所以这个生日就有特殊意义。薛宝钗开始有主意了。她不再老是跟着宝玉转，她有意识地讨贾母等人的喜爱了。贾母要她点菜，她就点老太太爱吃的甜食；要她点戏，她就点吉利热闹的戏。元妃发出灯谜来让大家猜，明明很简单，她偏装猜不着，东猜西猜，最后才猜出来，这也是为了讨对方喜欢。二十二回前，她只想讨贾宝玉喜欢。这时的特点则是左右开弓，两面讨好，既讨贾宝玉喜欢，又想方设法讨家长喜欢。讨贾宝玉喜欢主要是显示自己的才学，让宝玉佩服她。

二十八回以后，薛宝钗又发展到第三个阶段。她不可能两方面都讨好：家长喜欢她；讨好了家长，就不能讨好宝玉。这一回写元春送端午节礼物，送的东西宝玉同宝钗的一样。宝玉问："怎么林姑娘的倒不同我的一样，倒是宝姐姐的同我一样，别是传错了罢？"袭人回没有错，"都是一分一分的写着签子的。"这里作者告诉读者，这份礼物有其特殊意义，就是暗示了订婚的意思，只是没有明白宣布而已。这个地方也要对薛宝钗怀疑怀疑。果真是一个封建淑女的话，拿到这份同宝玉一样的礼物就应该害羞。她多的就是一挂红麝串，照说应该装进箱子里不拿出来，何况当时正逢炎夏，宜于戴翡翠、玛瑙之类的光溜溜的饰物，她却公然戴上一挂挺不舒服的红麝串，毫不害羞，反而自豪。这无异于当众炫耀自己的胜利，夺得了锦标。一上来跟着宝玉转，然后又两面讨好，最后就一边倒，再不怕你贾宝玉不喜欢我。在二十八回前，薛宝钗没有批评过贾宝玉，从这时起，她从困难境地认识到婚姻已经内定了，了解了自己的地位，便抓住这一点，就敢于进“忠言”了。薛宝钗是实利主义者，什么事情对自己有利就干，这时她已没有顾忌，开始批评贾宝玉，一边倒向封建主义的怀抱中去。再发展，就是不仅做到使家长满意她，更设法使全家上下都喜欢她这个未来的宝二奶奶了。

《红楼梦》前四十回，主要写贾宝玉和林、薛二人的恋爱关系和婚姻关系。贾宝玉同林黛玉的恋爱关系是一条路线，贾宝玉同薛宝钗的婚姻关系是一条路线，前者是民主主义的道路，后者是封建主义的道路。究竟走哪一条道路，要求贾宝玉做出抉择，这里面也反映了深刻的思想斗争。

原先，林黛玉同贾宝玉的关系是有斗争的。贾宝玉有进步思想，但是出身富贵之家，公子哥儿的习气很重，这两种东西在贾宝玉的身上是并存的，是一步步地克服和发展的。林黛玉对贾宝玉的公子哥儿的缺点不能容忍，加上“金玉良缘”的问题，因此产生矛盾。在前四十回，我们看到这两个人老是闹别扭，越闹越严重。作者写他们二人关系的发展是高度现实主义的：由最初的青梅竹马发展到有意识地搞爱情，最后发展到成熟，“诉肺腑”之后矛盾解决，他们从此再也不吵架了，可是两个人又面对了环境的矛盾，像大山一样矗立在面前，无法逾越过去。

写薛宝钗同贾宝玉的关系也是一步步地发展的：最初跟着宝玉转；然后左右开弓，两面讨好；最后一边倒。薛宝钗在环境方面取得完全的胜利，可是贾宝玉不喜欢她，她也一点没有办法。薛宝钗跟统治势力方面越处得好，越没有办法叫贾宝玉爱她。

以上两条线在书中是同时发展的，而作者的倾向性非常鲜明，常常通过具体情节来表达自己的爱憎。例如三十六回写宝钗正帮袭人绣花，宝玉在梦中喊骂：“和尚道士的话如何信得！什么金玉姻缘，我偏说木石前盟！”这意思是说，他只知有林黛玉，不知有薛宝钗。作者有意通过宝玉说梦话否定“金玉姻缘”，让薛宝钗亲耳听到。这说明作者对处在被压迫地位的林黛玉充满了同情。

这两条路线写到这里，形成僵持的阶段，家长的倾向性很明确——选中薛宝钗，不要林黛玉。可是，作为贾府最高权威的贾母，又犹豫不决，一直拖着，不肯公开宣布。贾母这个老太太不大考虑别人，只考虑自己的享乐，是个极端利己的享乐主义者。正因为如此，把个贾宝玉娇惯成这样，没有贾母的庇护，贾宝玉的思想是形成不起来的。当然，贾母不是民主主义者，她是封建主义者，封建主义发展到最后产生极端利己的享乐主义，自己破坏自己，挖封建主义的墙脚。贾母在她的享乐生活中，不能不考虑自己钟爱的孙子宝玉的意志。贾母不是一个糊涂的老太太，脑子清楚，眼睛很亮，深通世故，经验丰富，通过多年的观察，宝玉和黛玉的关系她完全知道。尤其是通过紫鹃试宝玉一节，宝玉一听黛玉要回苏州去，立刻就发疯了。这使得贾母更加心中有数：宝玉不能没有林妹妹，他们的关系是有思想基础的，不可动摇的。在这样的情况下，很难设想贾母唯一宠爱的宝玉婚姻生活不幸福，而她仍能保持自己的享乐生活。她不能不考虑这一点。再说黛玉是她的亲外孙女，摆在次要地位，她也要考虑考虑。于是表现了举棋不定：照她的本意就是要订薛宝钗，考虑到孙子和外孙女的具体情况，又不敢马上决定。总之两方面她都要考虑。有人认为贾母不会去考虑两方面，我的看法不同。封建时代的老太太，为了宠爱自己的孙子，做出某些容让和迁就的情况是有的。因此，我们说，写到这里，也就形成了僵持局面：家长方面不愿意放薛宝钗，而贾宝玉不愿意放林黛玉。这样一来，也就形成了一种力量，坚持不下，要死一块儿死，要活一块儿活，这种现象是很有社会意义的。

从这时起，作者就把恋爱关系和婚姻关系的线索摆到次要地位。因为家长不能解决这个问题，当事人也不能解决这个问题。写宝玉、黛玉、宝钗三人的关系，写各个人的主观因素，都只能到此为止，因为婚姻问题的最后解决不决定于个人的爱憎。于是作者掉转笔头，用主要的笔墨来写环境。从书中可以看到，第四十回以后就不大写爱情，贾宝玉见了林黛玉好像没话好讲了，或者有一肚子话不敢讲，怕损害了林妹妹的自尊心。林黛玉对贾宝玉也是一样，见了面就含着眼泪，默默无言。

从四十回起，作者用很多笔墨写了一系列的故事情节和场面，来反映和刻画环境，这里不能一一地讲，总括起来，有这样几个问题。

第一，写贾家经济上的枯竭。贾家的经济状况，原来就已经不宽裕了，奢侈挥霍，收入少支出多，到这时更是急转直下，几乎无法维持下去。例如当家人通过鸳鸯把贾母的金银器皿偷出去典卖，用来偿付债务。又如王熙凤病了，要吃人参，东寻西找，拿出来的不是参须，就是年久失效的坏参。这个情节揭示了贾家经济上的困难情况。这方面，薛宝钗很在行，她说临时到外面买人参容易碰上假货，建议通过她家店铺的内部关系去买。这些方面，薛宝钗长袖善舞，深得贾家的欢心。你贾家枯竭，我薛家有钱；我看中你贾家的“贵”，你看中我薛家的“富”。恩格斯在《家庭、私有制和国家的起源》一书中指出，在封建贵族家庭，“结婚是一种政治的行为，是一种借新的联姻来扩大自己势力的机会；起决定作用的是家世的利益，而决不是个人的意愿。”这话说得深刻极了！薛宝钗追求贾宝玉就是一种政治行为，而贾家看中薛宝钗也是一种政治行为——解决经济困难，维持门面。

第二，写各方面矛盾的爆发。压迫者和被压迫者的矛盾是始终存在的。到这时，统治阶级内部的矛盾，也越来越显著，越来越突出了。照封建社会的规矩，应该是长子掌权，长媳管家，就贾家说，应该是贾赦掌权，邢夫人管家。可是，作为最高统治者的贾母不喜欢老大，偏爱老二，硬把贾赦摆在“那边屋子里”。因此，贾赦和贾母有矛盾，见了母亲有一肚子的牢骚。中秋节说笑话，还讽刺妈妈偏心眼，惹得贾母生气。由于贾母喜欢贾政，就叫王夫人掌管家务。王熙凤是邢夫人的儿媳妇，本来也应该在“那边”的，可是由于贾母偏爱，又是王夫人的内侄女，就到这边来当家。这些关系就非常复杂，母子之间，婆媳之间，妯娌之间都存在着矛盾。傻大姐拾了个绣春囊，糊里糊涂地交给了邢夫人。邢夫人拿到这个东西，觉得这可了不得，郑重其事地转送给王夫人。这是什么意思？邢夫人有满腔不平：应该我管家的，却叫你管家，看，你把这个家管成什么样子！其实，在贵族之家发现一个绣春囊，又有什么了不起，邢夫人无非借此机会打击王夫人。再说王夫人，如果心里没事的话，把绣春囊烧掉也就完了。她不是这样，而是立刻大张旗鼓地搜检大观园，并且特意让王善保家的参加，因为她是邢夫人的陪房，叫她去检查，等于是请邢夫人自己去检查。这种勾心斗角就是搞政治斗争。搜查大观园本是统治阶级内部的矛盾，可是，随着事态的发展，矛头却转向被压迫者。因为实际受害者还是那些当丫头的女孩子。司棋牺牲了，晴雯也牺牲了，四儿、芳官等人一个个地被撵出去了。封建主义的气焰大为猖狂。接着，作者写到当这些当家人不在家时，被压迫者起来挣扎反抗，大观园里到处打架，吵翻了天。例如勇于反抗的芳官与养母吵架，紧接着又有芳官、葵官等人与赵姨娘打群架，等等。这些情况说明，封建秩序已经无法维持了。王熙凤的权势在各种各样的矛盾中垮下来了，弄得王熙凤得了病，这个病主要是政治病——维持不住统治地位。于是乎有探春理家。封建社会由姑娘管家是很少有的，这时候实在没有办法了，才由探春出来临时主持，再搞个薛宝钗在旁边帮忙。这是王夫人的主意。让薛宝钗来帮忙，家长的意图是清清楚楚的。由于内部各种矛盾爆发，封建主义的统治地位不能维持了。试问谁能够继承王熙凤来维持统治？林黛玉是不行的，只有薛宝钗行。所谓“贤宝钗小惠全大体”，她向来是有办法的，只有她能够代替王熙凤来维持摇摇欲坠的统治。选择谁的问题，最后不能不落在薛宝钗身上。

第三，贾宝玉走什么路子的问题。一个人失足落水，他还是要用一切办法来挽救自己，据说淹死的人常常两手紧紧抓着泥草，表明他临死前经过一番挣扎。没落的阶级不会自动退出历史舞台。现在贾家要完蛋了，后继无人，接班人的问题是杵在鼻子前的严重问题。唯一的指望是贾宝玉，要他走封建主义的道路，才能维持贾家的门第。那么，什么人可以帮助贾宝玉走封建主义的道路？是林黛玉，还是薛宝钗？我们说，只有薛宝钗才有可能扶持贾宝玉走上封建主义的所谓正路。

关于《红楼梦》所写的环境问题，我们不多讲了，就凭以上三条，不难理解为什么非选择薛宝钗不可。作者没有把贾宝玉和林黛玉的恋爱悲剧的根源，简单化地看成决定于家长个人的好恶。解放初期越剧舞台上演的《红楼梦》，就把这个问题简单化了，仿佛贾林二人的恋爱悲剧，完全是凤姐在中间出坏主意造成的。曹雪芹不把原因完全归结到家长个人身上。家长个人有他的意图，但不能决定，最后决定的是具体形势。贾家经济枯竭了，统治不能维持，后继无人。薛家有钱，薛宝钗能代替王熙凤，又能帮助贾宝玉走上封建主义道路。因此，贾林的恋爱悲剧根源，是由封建统治阶级的客观形势决定的。这样来认识，社会意义就大了。再看通过环境描写揭示出来的统治阶级的一系列问题，包括道德品质的败坏堕落，这些问题都不是一朝一夕出现的，而是长时期形成的，它不是普通的伤风感冒、头疼发烧，而是已经病入膏肓。通过这些描写，把封建主义制度的罪恶和衰朽的特点全部端出来了。这是封建主义末期的形势，表面强大，内里已经腐烂透顶。这是贾林二人恋爱悲剧的根源。

对贾宝玉同薛宝钗的关系又怎样看？照常理，封建社会的一个公子哥儿，爱上一个姑娘，家庭不同意，用欺骗的手段给他娶了另外一个姑娘，这个姑娘很漂亮，很有钱，又颇有才干，这个公子哥儿最初也许不高兴几天，慢慢地完全可能得新忘旧，相安无事；甚至即使不爱她，也可以像贾珍、贾琏那样，来个三妻四妾。可是贾宝玉不干，他一定要跑。这个结局说明在贾宝玉身上的民主主义力量虽然还薄弱，但已经形成，是新生力量，已经压不死，打不垮。你要我走封建主义道路我就是不走，你要我娶薛宝钗我硬是不干，我不能带林黛玉私奔，我可以一个人跑。跑的结果也产生悲剧——宝钗和宝玉之间的婚姻悲剧。宝钗也是封建社会的牺牲品。这体现了当时的封建主义和民主主义的斗争。

恋爱婚姻问题作为个人问题，意义不一定很大，可是《红楼梦》不同于任何以恋爱婚姻问题为主题的作品，它联系到整个社会和社会制度，鲜明地表现了被压迫阶级和统治阶级的尖锐斗争，揭露了腐朽的封建制度日趋衰亡的必然趋势，歌颂了虽然幼稚但是不可战胜的新生力量。作品的伟大，首先在于作者提出了如此重大的问题。我认为《红楼梦》的吸引人不在技巧，所以我们今天没有谈技巧。《红楼梦》的高度技巧主要也是从作家的高度的认识能力和强烈的爱憎感情中产生的。《红楼梦》的伟大之处在这里，我们读《红楼梦》首先要学习的也是这一点。

（本文是作者1963年在宁夏大学中文系的讲演，由陈新记录整理。原载《宁夏文艺》1963年第4期。收入本书时略有修改。）

# 谈《红楼梦》里几个陪衬人物的安排

写小说，在有了内容之后，下笔之前，得先布局。像画画，先勾个底子；像造房子，先打个蓝图，这时候，首先面临的就是人物的安排问题。

比如，把哪些人物摆在主要的、中心的地位，把哪些人物摆在次要的、从属的地位；怎样裁度增减去留、调配先后重轻，使能鲜明而又深厚地显示内在的特征和意义；从而充分地、有力地并且引人入胜地表达出内容思想来：凡是这些，都应该按照题材和主题的具体情况，从全局着眼，做一番精打细算。

人物安排得不对，尽有高明的意思，等到表达出来，会走了样子，或违背了本意；人物安排得不好，尽有高明的描写本领，写了出来，动人的力量会受到削弱，甚至可以弄巧成拙，收得相反的效果。所以这是有关作品思想性和艺术性的重要问题——它是个艺术技巧问题，可又跟作者的思想观点、跟作者对于生活的体验和认识能力紧密地连结着。

关于人物的安排，我想不会有什么一定的标准。看许多大作家的著名作品，事实上也是各有手段，各有匠心。据我的体会，《红楼梦》里安排人物，非常讲究。但是这书人物太多，内容太复杂，一时说不尽，说不清，也难说得没有错误。下面主要只举几个外围陪衬人物的例子，约略谈点苗头，希望引起读者的兴趣，慢慢求得比较确当的理解。

曹雪芹对于他要写的关于贾宝玉和林黛玉、薛宝钗的恋爱与婚姻的悲剧，我以为他是这样认识的：即这个恋爱婚姻的悲剧，一方面植根在当事人的思想性格里面，一方面植根在那个步步趋向崩溃的生活环境里面；这环境非常广阔，以一家为主，延及整个统治阶级社会。同时，当事人的思想性格也是在这个社会生活环境和各人具体的境遇教养里面形成的。作者就要写出这个悲剧发生和发展的复杂细致的现实内容，要写出造成这个悲剧的全面的深刻的社会根源。

因此，《红楼梦》里把贾宝玉和林黛玉、薛宝钗安排做全书的中心人物；围绕着这三个中心人物，安排了为数可惊——男女各有二百多个的有关人物，以展示那极其广阔的生活环境，从多方面具有重大意义的矛盾斗争里，从无比地错综着的人与人的关系上，来充分地描写人物性格和悲剧事件。

对贾、林、薛这三个中心人物，作者不是平列地安排的。像我们所知道的，贾宝玉当然是三个中心人物里面的主要人物。因为书里要写的正是他和林的恋爱悲剧，正是他和薛的婚姻悲剧：林和薛都是拿他做中心的。因此，书里其他的众多人物，固然也构成林和薛的生活环境，但主要还是围绕着贾宝玉，拿贾宝玉做中心而展开的。

林和薛两人，也不是摆在完全对等的地位。书里的描写，是侧重林，即侧重贾的恋爱问题，而把跟薛的关系摆在略次的地位。这不止因为贾和林生活上亲密些，还因为，书里一面批判、揭露封建统治势力，一面歌颂被压迫摧残的新生事物，作者掌握两相对立的矛盾有分明的爱憎和倾向，觉得侧重描写正面，更有重要的意义，同时这对于抨击反面也更显得有力。在对环境里全部人物的安排上，这一精神也是一贯的、相通的。这就使作品的主题显出更多的积极意义和更大的激动人心的力量。

书里的描写，是先把有关全部主题思想的问题略做布置以后，先把主人公贾宝玉的家庭做了大概的介绍以后，接着就在第三回写林黛玉进京到贾家。作者有心安排在两个悲剧主人公见面的场合，写贾宝玉的出场，而不肯在林进贾府以前，单独地描写主人公的出面和活动。不仅这样，而且紧跟着就在第四回写薛家进京，把悲剧事件的另一中心人物薛宝钗也送进了贾府，尽快地让当事的三个人聚集到一处去。这就为书里中心事件的开展做好了准备，也就是安排着要把三个人的恋爱婚姻的纠葛同时在读者面前端出来，第八回“比通灵金莺微露意，探宝钗黛玉半含酸”（“脂本”回目）正是这样写的，而不肯把悲剧的开端，零星断续地分散开来写。

以上说的这种安排，使得场面非常集中，使得描写非常精彩，使得主题非常显豁，使得结构非常紧凑。这实在是很高明、很漂亮的。

但是书里一开始并不是写贾、林、薛三个中心人物，而是写的甄士隐和贾雨村。我们知道，开篇像什么“遗石”“还泪”的那些神话，都是为了说明贾宝玉、林黛玉的性格和关系的“前因”而写的。从神话写到现实，就安排了甄士隐，让他连系那个超现实的世界和现实世界；同时又写了贾雨村，让他一头连系甄士隐，一头分别连系贾、林、薛三个方面。所以，甄士隐和贾雨村在开头是笼罩全书的主题思想，为准备开展悲剧故事而安排的两个人物。

先说贾雨村。作者安排他，有许多的用处，有多方面的意义，以后还要谈到；但在开头，除了连系甄士隐而外，重要的一点，是为了布置贾、林、薛三个中心人物的会合。这个穷书生原住在葫芦庙里，受了甄士隐的帮助，进京考上进士，升了县官，不上一年，却被革职。由此做了巡盐御史林如海家里的西席，这时恰好接到起复旧员的消息。林如海荐他找贾政谋官，同时让他带女儿林黛玉到外婆家去。这样，贾、林两个人就见面了。紧接着，写贾雨村因为贾政的帮助，题奏复职，选授了金陵应天府。一到任，就审理薛蟠为了买丫头，倚财仗势打死人命的案子：于是薛家进京，薛宝钗也随母亲和哥哥住进贾家。这样，贾、林、薛三个人都会到一处了。

这里，作者在“派”贾雨村先后“送”林、薛两个人进府和主人公会合的过程当中，还就手分别介绍了贾、林、薛三家的家世和境况。这对于介绍中心人物、开展悲剧故事是不可少的。

我们单从使书里三个中心人物会合这一点看作者对于贾雨村的安排，就可以看出作者的手法之精练和巧妙。所有这些，都概括了丰富深刻的社会内容，看来却无不出于生活的真实，丝毫不叫我们觉得牵强和斧凿，好像事情本来就是这样，作者并没有费什么心思。

至于甄士隐，他连系神话世界跟癞僧跛道的关系，显然是出于作者虚无主义和宿命论的思想。甄士隐还有和现实世界联系的一方面。他和贾雨村的关系有许多的意义。例如，这甄贾二士，一沉一升、一好一坏、一热中一恬淡、一出世一入世，互相对照着，这跟特意配成对的甄贾二宝玉又两相映衬着。因而甄士隐和贾雨村这两个正反面典型也确有映照主人公贾宝玉的性格、暗示贾宝玉未来出路和下场的意义。另外，甄士隐和贾雨村相配还有作为结束全书的线索的作用（续书正是这么写的）。这种种安排，我们今日看来，认为有的很好，有的未必好，有的不对头。但这些不对、不好的地方首先并不是安排本身的问题，而是作者的世界观有毛病，而且又离开了生活现实，架空地搞起来。

但甄士隐这个人物还有更为重要的作用。他和贾雨村之间另有一种关系，即后来因为封肃、娇杏、英莲和葫芦僧等而产生的许多间接关系。英莲，即后来的香菱，是甄士隐之女。上面说过，为了争买她做婢妾而起的人命官司，正落在贾雨村手里审理，由此使得薛家安然进京，薛宝钗和贾、林相会；同时，从前那个葫芦庙的小和尚，做了应天府衙的门子，他把关于“护官符”、被卖的这丫头的来历以及亏心枉法断案子的主意，一一指教给贾雨村，贾雨村照办了，却又寻个不是，把他远远充发出去。关于香菱，除了这里说的作用，后来她成为书里一个重要人物（所谓“副册”之首），那典型意义当然更有不同。但其中要紧的一点，是她有映衬林黛玉、暗示林黛玉的身世境遇和实际社会地位的意义；因为除去林有个外婆，作为飘零的孤女，她俩实在没有不同。

把以上这些总起来看：甄士隐父女、葫芦僧和贾雨村的关系，贾雨村和贾、林、薛各豪门的关系，那本身又自成一个广阔的社会关系：这对当时的社会和政治吏治作了高度的集中概括，揭露与批判得惊人地深刻，和书里的核心内容都是息息相通、处处相关的。这种安排，表现了作者对社会生活丰富的经验阅历，寄托了作者自己深厚的感慨与愤懑。

我们还可以看看第二回出现的冷子兴这个人物。

在第一回做了有关全书主旨的中心故事的布置之后，就是在展开贾家的生活活动以前，作者在第二回里安排了冷子兴这个人物；通过他和贾雨村在村野小酒店里的一次谈话，扼要地介绍了贾家的家世、现状和书里重要人物的关系。在具体描写之先，这样的概略介绍是必要的，正如我们参观某处，先得有个总的说明。我们常见的一般办法，多是由作者用第三者口吻作概述，而不特意安排人物用对话的场面来作介绍；尽可能少写这样的人物和场面，总是要好些的。但是小说里安排人物和场面，正如我们今天社会主义建设讲节约一样，当省可省者省，是节约；必要的，省了，对工作无益有害。我们知道文艺还有个重要的原则，就是要有内容丰富的生动的形象。概念的叙述，容易流于干瘪平板，难给读者不忘的印象。拿《红楼梦》这样一部内容复杂、结构宏大的作品说，用人物对话，对贾家家势和重要人物各方面做一个总的介绍，以求取更佳的艺术效果，那是十分必要的。试看第二回贾冷两个人反复问答，夹叙夹议表现出来的那些内容，体会那些内容对于全书具体描写所具有的意义，就知道若用第三者概述，实无法能够符合要求。

但是我们也不能为了收得较好的艺术效果而滥用人物、滥写场面。那会产生很大的流弊，比如使得结构臃肿、头绪繁多，甚至喧宾夺主、层次紊乱。这样的安排，自然也失败。我们曾经见过不少这样的作品，《红楼梦》作者不会蹈这种复辙。请看书里写林黛玉的家庭，写薛宝钗的家庭，写李纨、秦可卿、夏金桂的家庭就都是用的概述之笔，而不特用人物专写场面，像对贾家一样。我们再注意一下书里概写上面说的各家，具体安排在哪里，怎样抓住要点、详略各有分寸，就知道作者下笔的时候都曾经掂斤播两较量过一番的。

在小酒店和冷子兴谈贾家的是贾雨村。这里我们再补说几句关于贾雨村的安排。作者在开头“派”给贾雨村的主要任务，上面已经谈过，这里又叫他陪冷子兴介绍贾家，这是顺手附带的，作者要充分使用他。而这事正该交他做，因为安排冷子兴来和他谈贾家，可以显示更多的社会意义，产生其他的重要作用。作者以后对贾家生活活动的具体描写里还要继续“借重”他，叫他继续发挥作用，恐怕是要直到结束全书——比如续书最后一回“甄士隐详说太虚情，贾雨村归结红楼梦”为止。他是个贯串全书、在“仕途经济”道路上为主人公贾宝玉的性格和发展始终作为映照的反面典型。但是到核心内容已经展开的描写里就不再叫他直接出面，而只是间接提他一下，因为他在书里究竟只是个外围次要人物，但所起的作用却非同小可：比如大热天来贾家要见贾宝玉，惹得贾宝玉不高兴，史湘云劝说了几句，被贾宝玉斥为“混帐话”，因而有贾、林“诉肺腑”之事（见三十二回）；贾赦要买石呆子的扇子，石呆子不肯卖，贾雨村就利用职权讹他拖欠官银，弄得他倾家荡产，终于把扇子抄没了来奉献给贾赦（见四十八回）。（有人以为原作里写贾家被查抄，贾雨村又翻过脸来对贾家下井投石，这种揣测也不是没有道理的。）

冷子兴在书里的重要性可不能同贾雨村相比。这里他只有一个任务：陪同贾雨村谈话，介绍贾家。一次出场之后，很难再使用他；否则轻重失当，横生枝节，反倒为害。尽管如此，作者仍然不肯从这一个单一的意义上来安排他。比如，当他和贾雨村的谈话完毕，立刻就写贾雨村得到奏准起复的信，这时就手即写冷子兴献计，叫贾雨村央求林如海转托贾政谋官。这是很现成的。然而作者还不罢休，到第七回忽然从侧面再勾上一笔，把关系点明了，竟另外显示出多方面巨大的意义来。这完全是我们没有料到的。

且看冷子兴是个什么人。他在京里做古董买卖，是贾雨村的老朋友，两个人最相投契。他为什么那样熟悉贾家的事呢？他和贾家有什么关系呢？第二回写他“演说荣国府”的时候，并没交代出来，到了第七回，周瑞家的送走了刘姥姥，到梨香院薛姨妈住处去找王夫人回话，薛姨妈顺便叫她送宫花给姑娘们和凤姐；就在这送花的当中，周瑞家的正要最后把花送给林黛玉去，走过了穿堂，顶头遇见她的女儿。女儿从婆家来，说是女婿被人放了把邪火，指他来历不明，告到衙门里，要递解还乡，所以找母亲商量，求这里哪一个才可以讨个情分，等等。这样突如其来穿插的一段描写，仍然没有说明周瑞家的女婿是谁，好像节外生枝，令人莫名其妙。但是等周瑞家的把送宫花的事办完了，作者这才交代：“原来周瑞家的女婿便是雨村的好友冷子兴，近日因卖古董，和人打官司，故叫女人来讨情。”这样简单的一点明，就使这个不重要的人物，产生了重要的作用。这里不止通过冷子兴描写了贾雨村，具体显示出贾雨村没有飞黄腾达时候的社会地位，同时也反过来衬托出贾家的社会地位，从一个角度上具体确切地描写了贾家；而且总起来——这里所写的贾雨村、冷子兴、周瑞家和贾家的关系，又从另一种幅度集中概括地揭露和解剖了当时社会和政治吏治的内幕。这和书里所写的整个社会政治现实环境连结在一起，构成贾、林、薛的在贾家以外的全面大范围的生活环境，这对表现中心人物和中心事件的深刻意义是不言可喻的。

顺带说一下，《红楼梦》里描写环境是从外到里、由远及近的；即围绕着贾家先从外面的社会政治环境写起，以后又从中心随时不断地勾连延伸出去，写这种大环境和贾家国公府千丝万缕的联系，对悲剧人物和事件直接间接、有形无形的作用与影响。关于这种大环境的描写，就都是从各种层次不同的外围次要人物的安排来进行的：如戴权、夏太监、北静王、南安太妃、冯紫英、张太医、王太医、冯道婆、张道士、静修、智能儿、金荣、璜二奶奶、卜世仁、倪二、蒋玉菡、柳湘莲、赖尚荣家、花自芳家、晴雯的嫂子家、以至王一帖、二丫头、乌进孝、王狗儿等，上上下下各个阶级阶层的人物构成为典型的全面大环境。

现在还回到关于冷子兴的问题上来。冷子兴之妻，即周瑞家的女儿，只在这里露面一次，这以前和以后，书里再没有提到过。这个女角儿，只为她丈夫完成上面说的任务。因此关于她的出面，只是穿插着顺便写一下，随即带住，丢开。这几笔必须抓着要紧处，写出那实质精神来，那才好充分有力地发挥她的作用，否则这个人物就可以成为赘疣。

请看这段三四百字的描写：她这次到贾家找母亲，是为丈夫受人诬告而吃官司，要递解回籍：她特意来托母亲向贾家讨情。按说，这事对她的生活和情绪应该有严重的影响。可是这个古董铺的老板娘一点不着急、不慌张。她打扮着，神情意绪从容自如；见了母亲，先说了许多不相干的话，事情且搁着不提。还是母亲问她，说“你今儿来，一定有什么事情。”她才笑道：“你老人家倒会猜，一猜就猜着了。”母亲听了她告诉的事，更是不以为意，说：“我就知道。这算什么大事，忙的这么着！”反说女儿：“小人儿家没经过什么事，就急的这么个样儿！”说着，便到黛玉房里送花去了。

看这母女俩，真是一种若无其事、有恃无恐的神气。这几笔轻描淡写分量很足：它透过人物内心的底里，将社会形态做了深入的解剖，对这个生活环境作了特征的描写：贾家的地位是何等显赫！贾家的权势是何等炙手可热！所以作者在这个枝节描写里结束道：“周瑞家的仗着主子的势，把这些事也不放在心上，晚上只求求凤姐便完了。”

至于这个小枝节具体描写在这里，我们从送宫花的前后情节场面的关联上看，可以知道它本身还有独特的意义，作者的安排也不是任意的、无心的。百川汇海，涓滴归流，这里约略写了在这个国公府寄居的薛家母女和林家姑娘以后，下面第八回里就要开始描写恋爱婚姻的纠葛了。

有一种打台球（在毡面的台上打一种象牙球）的高手，打出一杆球，击中一个目标，同时碰动了旁边一个或两个球，而后从台沿上反击回来，又连碰一大串，使得满台的球都动，一杆打出去，可以得很高的分数。作者安排冷子兴的这个例子，仿佛有点相似。

再简单谈一谈刘姥姥。

刘姥姥给读者的印象非常突出。作者确是把她安排在一个特殊的地位。

她第一次到贾家打秋风，是第六回写的。那意义之一，和我们已经谈过的贾雨村、冷子兴等有相同的一面：即要从广阔、全面的社会幅度，要从多方面不同的视角，来显示贾家的地位，衬托这个典型生活环境的各种特征，准备展开人物性格和事件发生发展的矛盾斗争。假如在庐山看庐山，就不能认识它的真面目；唯有先让我们从四面八方的平地上看，并且带引着由远而近，步步登入山里，再仔细看，那才能很好地认识庐山。

在这个意义上，刘姥姥有独特之处：一、她是让我们从最低洼的地方——乡村里一个破落户——来看山的；二、她是带我们一步步登入山里，攀到山的顶峰，而后又周览了全山的；三、若是上述诸人都因为一件特殊的事，比如谋官位、打官司之类，让我们看到了贾家的“贵”（权势与地位），那么刘姥姥是来替难过日子的女婿家打秋风，通过她所经验的一些日常琐事和生活活动，让我们看到了贾家的“富”（生活享用与势派）。从那种映衬对比所显示的两极端生活的悬殊，留给我们难忘的真切生动的印象，书里的描写正是从这一意义上着力的。

但是刘姥姥不止浮泛地让我们看到了贾家的生活，若只是如此，她不可能那么吸引我们。作者显然深思熟虑选择了她来担任特别的角色。在许多外围人物里面，她占的篇幅最多：“一进荣国府”几乎占了第六回整回，二进贾家占了三十九至四十二大约整三回。在这些笔墨跳跃、色调丰富的画面里，不止一般地呈现了贾家外强中干的豪华生活，重要的是拿她这个乡里人和国公府的人做对照，把社会两端的人物风貌和内心精神做了无比鲜明深刻的描绘。

我们知道，在这个生活环境里，居于特殊重要地位的有两个人：一是贾母，一是凤姐。贾母是国公府的最高权威，凤姐是总揽事务的实际当权者。贾家豪华的生活与势派，主要是在这两个人的主持之下产生的现象。作者安排刘姥姥进来，正要从一个最好的角度、从最尖锐的性格对比里，来揭示贾母和凤姐的思想性格的特征。

这样，抓紧关节，让我们从特征性格来看国公府的生活，我们就可以从实质内容上，而不是从浮面的生活现象上来认识这个典型环境的特征。

刘姥姥一共三次进荣国府，两次是出于原作者的手笔。

第一次，刘姥姥主要是和凤姐见面，两个社会的性格在我们面前对比着：一个那么老实、拙朴、心口如一，一个那么虚矫、拿身份、装模作样。以性格对比为中心的描写里，还显示了贾家的生活势派。妙的是一切都从刘姥姥的心目中、观感上反映的，两相衬托，格外惹眼。

刘姥姥第二次进贾府，和贾母见了面。书里主要地是抓紧了这两个老太太，做了又一次的性格对比，揭示得更加广阔深入；国公府这个“老祖宗”以利己享乐主义思想为内容的内心世界，暴露在我们眼前，真是肺腑皆见。贾母一贯把别人当做自己享乐装门面的资料。这次留住刘姥姥玩了几天，她就尽量卖富、卖贵、卖福气、卖能干、卖聪明。她得到最好的机会来满足自己的优越感，取得异乎寻常的享受和快乐。凤姐等迎合贾母之意，故意从中作弄取笑；刘姥姥也甘心做丑角，有意无意闹了许多笑话，于是制造出大观园里平日没有见过的狂欢。从这里，国公府外强中干的豪华生活就表现得加倍显著突出起来。

在大观园一片的笑声里，我们也许会替刘姥姥感觉到屈辱和辛酸。但她是心甘情愿的，为了女儿女婿家的生活问题，她无保留地献出自己的一切。她早就声言要“舍着我这副老脸去碰碰”。她很懂得他们对自己的要求：做取笑资料，说奉承话。她自然都努力满足他们。她认真扮演着丑角，怀着严肃的心情，像在做一件最正经的事。这就是她和国公府老太太内心性格的实质的不同。由于这种性格的尖锐对照，那些具体描写所揭示的社会内容，不言而喻是可惊地丰富和深彻的。

刘姥姥两次进贾家，表现的性格前后大不相同，有明显的发展。而贾家的境况也已经有了变化。这应该关联到中心问题来看。前面说过，她第一次来，贾、林、薛的纠葛还没有展开，作者对她的安排，正是为了准备提出中心纠葛，借她来显示环境的特征。她第二次来，中心纠葛已经发展到成熟的新阶段，而婚事问题渐渐进入矛盾僵持的微妙局面。作者正要搁下对中心问题的正面描写，掉转笔头，用主要篇幅来大写那个急转直下、趋向崩溃的现实形势，因为婚事的定夺、悲剧的造成，那最后的力量，并非任何个人的意志，而是国公府里环境形势的恶性发展。作者在这里安排刘姥姥再度进来，好像叫她做以下四十回大规模环境描写的报幕人。从那次狂欢高潮以后，这个封建统治阶级社会各种致命的病症都渐渐转为表面化——帷幕慢慢揭开了。

续书里还写了刘姥姥第三次到贾家，这时悲剧已到尾声，贾家败局已成，她把巧姐儿搭救了出来。这大致也是揣摩着原作者的意思安排的。

当然，借着刘姥姥，决不止写了凤姐和贾母；通过她，还写了贾宝玉，写了平儿和鸳鸯、李纨和妙玉，写了所有比较重要的人物，这里也不一一谈到了。

早前两年，有些研究者曾经讨论过刘姥姥是不是劳动人民的问题。这样的讨论所以没有必要，我以为首先是因为忽略了《红楼梦》是个有机的整体；原作者安排人物，都从整体着眼，摆在某一地位，赋予它必要的作用和意义。我们的评论，也应该从作品的整体、从全部关联上看它所摆的地位、所显示的意义和所起的作用，那才有意思。反之，说句笑话，比如我们若把人的鼻子从脸上揪下来，单独拿在手里，讨论这是不是个好鼻子，应不应该在上面戴副近视眼镜等等，这样的讨论自然没什么道理。

上面谈的都是几个外围的陪衬人物。作者安排他们，主要是为了饱满深到地表达中心内容，为了艺术结构的严密和完整，同时又和中心内容血肉联结着，成为不可分割的一体，决不能看作可有可无的外加部分。

我们可以清楚地看出来，人物的安排，本身就是对于实生活的提炼和概括，作者一点都不能离开实生活来运用他的匠心，而只有在丰富深厚的实生活基础上，才可以很好地发挥他的艺术才能。同时，它又必然跟作者对现实生活的认识能力和爱憎感情分不开；人物安排得对不对、好不好、高明不高明，并不单凭技巧的本身，实际是表现了作者对于生活的认识是否全面深刻、感情是否真实切挚。

但是人物的安排还是一种艺术手腕，应该下工夫讲究。正如接受了办筵席的任务，有了丰富的好材料，还必须善于配合调度，才可以掌握火候、烹饪得宜，做出经得起咀嚼品味、味道鲜美淳厚、容易消化吸收的佳肴来。

我们从上面举的几个陪衬人物的例子，可以知道《红楼梦》原作者对于人物的安排是下了很大的工夫、发挥了很高的才能的。虽然原书没有写完，前面八十回里出现的一些陪衬人物，到最后四十回里究竟还要给以怎么样的意义、还要起一些怎么样的作用，我们无法全面确切地得到了解（比如冷子兴这个人物，以后是否还要出面？还要表现一些什么内容？都不能悬揣），尽管是这样，我们还是可以从这里看到原作者在人物安排方面、在艺术技巧方面的一些重要的特色。简单说，这就是根据不同的情况、按照不同的需要，他有多种多样的主意和极尽变化的办法；那总的精神，是使每一个安排都尽量地发挥多方面的作用，显示出丰富的内容和深厚的意义，而彼此又处处关合照应，紧紧围绕着中心集结成为一体。

有正书局本《石头记》有篇戚蓼生的序，开篇说："吾闻绛树两歌，一声在喉，一声在鼻；黄华二牍，左腕能楷，右腕能草。神乎技矣，吾未之见也。今则两歌而不分乎喉鼻，二牍而无区乎左右，一声也而两歌，一手也而两牍：此万万所不能有之事、不可得之奇，而竟得之《石头记》一书，嘻，异矣！"

又说："第观其蕴于心而抒于手也，注彼而写此，目送而手挥"，等等。这说法有些玄虚神秘，叫人很难具体地捉摸。可是有一点却不能抹煞，就是这些话里确实是感觉到原作者表现手法的高明，和我们上面谈的意思有相似的地方。当然，这是概括全书艺术表现的各方面说的，但人物的安排也是其中的一个重要环节。其实这种艺术本领并不神秘，我们从上面简单的例子里，已经可以约略看到一点苗头了。

1959年6月19日

（原载《人民文学》1959第8期）

# 评俞平伯先生的《红楼梦》研究工作并略谈《红楼梦》

## 一

读了俞平伯先生《红楼梦研究》一书，和今年发表的以《红楼梦简论》为主的几篇论文，我们首先会看到一个倾向，那就是他历时三十多年的研究工作，始终不肯正视这一部将及二百年来客观地存在着、一直在读者中盛行不衰，以其巨大的感染力影响着社会的一百二十回《红楼梦》；并且撇开这一部为历来读者接受、承认且又热烈喜爱的基本完整的伟大作品的深刻反封建主义主题思想与精湛的现实主义艺术不予理会，而一味要“强迫高鹗和雪芹分居”，否定了后四十回续书，而后专心致志地去考证和揣想那早就不存在，或者根本就未存在过的八十回后曹雪芹原作的本来面目。这一研究着眼点，我以为首先就不对头。

这并不是说，这种所谓“辨伪存真”的工作不可以做；指出八十回后的续书中如宝玉“中魁”、贾家“延世泽”等等情节和结局的歪曲了人物形象和损害了主题思想之处，那还是必要的。但这必须先肯定一百二十回《红楼梦》是一部基本完整的作品，高鹗的续书不可少；《红楼梦》的伟大以及在社会上发生难于估计的影响，当归因于一百二十回作品的整体，后四十回不容割弃：只有在这样的前提之下，就全书看后四十回存在的一些缺点，来加以评论，使读者对这部名著的思想性和艺术性能有深一层的或进一步的认识，这才有意义。

因为正如大家公认的，高鹗续书基本上掌握了前八十回原有的现实主义精神，人物和故事的发展在进入全书重要阶段以后，写得很真实动人；全书以婚姻问题为中心，暴露垂死的封建社会制度罪恶的主题亦赖以表现得突出而有力。这就使得我国古典文学遗产中这一稀世之珍的天才巨著得以保全，后世人民拿它作为重要的有益的精神食粮享用着，而不感觉很大的遗憾。没有后四十回续书，《红楼梦》还能这样为广大读者所热爱，在社会上起着这样大的影响，那是不可想象的。所以，比之于这种难能可贵的业绩，续书中的一些缺点就成为极其次要的方面。我想这是很明白的道理。

但是，俞先生一直不肯这样实实在在地来看问题。他一方面努力论证“续书底不可能”，并且也承认高鹗“以审慎的心思，比较正当的态度”来续书，“为《红楼梦》保存悲剧空气”，是“不可磨灭的功绩”；而同时却又说高鹗“续得如此乱七八糟”，“可怜无补费精神”，把后四十回一脚踢开，一心去追求八十回后“原作”的情节结局。很显然，他的这种“辨伪存真”的考证工作，是从个人癖好出发的。若问他的研究有何目的，方向何在，我想除了说是“游戏”“消遣”“逢场作戏”而外，很难找到其他回答。

这一“趣味中心”，贯穿在俞先生《红楼梦》研究的全部工作中，每篇文章的选题是如此着眼，文中许多立论也直接表露了这种意味。评续书不当写宝玉在短期内高魁乡榜说，“评他是奇才，亦没有什么趣味”；“宝玉高发了，更有何风趣”。评续书写黛玉做梦和绝粒说，“都是毫无风趣的文字”。比较高本不如戚本，说宝钗替黛玉抿鬓，“以如此好的风情，而宝玉要亲自出马，岂不是大杀风景呢”；说宝钗取笑香菱和湘云谈诗，“否则一味的正言厉色，既不成为宝钗，又太杀风景了”。

有无“趣味”或“风趣”，是否“杀风景”，就是他评论的标准。

在列举续书写巧姐年龄忽大忽小，并详加批驳以后，竟这样说：“但这还可以疏忽作推诿，小说原是荒唐言，大可不必如此凿方眼；上边所论，不过博一笑而已。”

请看，趣味主义研究原就是这样“闹着玩”的！

## 二

撇开社会现实的思想内容，对作品作纯艺术的“观照”和“览赏”，是俞先生看艺术的根深蒂固的观念。

他极力反对读者把《红楼梦》看成一部“变相的春秋经”，嘲骂别人“不安分，偏要做《红楼梦》的九品人表，那个应褒，那个应贬”，说这都是“信口雌黄，毫无是处”。又挖苦一般读者喜欢有相反的对照，所谓“一脸之红荣于华衮，一鼻之白严于斧钺”。这就是，他否认现实中有矛盾斗争，否认社会上有是非善恶，否认作者在描写生活处理人物时有所爱憎，有所维护与反对。

这一论点，在《红楼梦研究》十多篇文章中随处出现，常常不厌重复、不惜词费地反复争持，这是他顽强坚持的一贯看法。到今年写的《红楼梦简论》一文，论调还是未变，还是说：“虽褒，他几时当真歌颂；虽贬，他何尝无情暴露？”他死啃作者“使闺阁昭传”一语，认定描写“十二钗”一视同仁，说“十二钗”都有才有貌，此短彼长，无从做满意的比较褒贬。他又硬搬《红楼梦》曲引子“悲金悼玉”一语，嘲笑和攻击一般读者“右黛而左钗”，说憎恨宝钗以及和宝钗一党的人，而对失意的黛玉表同情，都出于偏见，“自己这般说，不知不觉的擅定作者也这般说。于是凡他所喜欢的人，作者定是褒的；他所痛恨的，作者定是要贬的”，说“这并非作者之意”，“雪芹先生恐怕不肯承认”。

在这里，俞先生完全不明白一般读者的这种爱憎之情，正是在阅读中为作品的具体描写感染而生，亦正是作者通过他所创作的在矛盾斗争中的人物形象传授给他们的。

我们知道，书中的所谓“十二钗”——青年妇女们，各以不同的具体条件，不同的思想品质，在矛盾斗争中居于不同的和对立的地位。他们有的积极地参与统治权力，体现了封建主义制度的种种罪恶，显出非常狞恶的面目，如凤姐；有的凭藉压迫势力，依附封建主义秩序，施展卑鄙可耻的手段，获得一时的称心如愿，如宝钗和袭人。站在矛盾斗争的另一边，表现了进步的反抗思想和优美品格，为封建主义所不容，因而郁结痛愤致死的，则为黛玉和晴雯。其他的许多青年女子们，对于他们的具体处境和面临的生活现实，也表现了多种多样的思想品格，持着不同形式不同程度的或反抗或顺从的态度。这些人物在矛盾斗争中的地位与关系是重叠错综的，因此所表现的形象的实质也是复杂多端的。但就总的精神说，作者在塑造这些人物形象时则寓有明确的褒贬，故而读者对这些人物形象的诸方面也就会产生黑白分明的爱憎。绝不是如俞先生所认为的，“十二钗”此长彼短，无从去做比较。

书中的宝玉，这个反封建主义的英雄和主将，与黛玉从小一处长大，彼此情投意合，同具要求个性自由、要求生活幸福的初步民主主义思想。他们以此进步的新思想为基础，建立了纯洁真挚的爱情。但由于封建主义的高压和迫害，使得他们的婚姻不得如愿，因而造成了《红楼梦》悲剧的中心事件。书中的描写，一贯地以执着真理正义与高尚美学的光辉形象，引导着读者倾向和支持宝玉和黛玉的方面；两相对照，同时对宝玉和黛玉的美满婚姻的反对者和破坏者，就产生憎恨和嫌恶的感情。从这方面说，“右黛左钗”，也是真知灼见的看法。

但是，作者因其广泛深入的生活体验，没有把这种爱憎仅仅停留在个人身上；也就是说：《红楼梦》所描写的婚姻悲剧，不是简单地归因于个别的人的问题或是个人好坏的问题上。作者是把宝黛的婚事和所有青年女子们的幸福问题联系起来，从而又和贾家的生活环境和社会环境以及政治吏治联系起来，这样的把问题和盘托露，就使问题的本质得以显现。因为书中所有青年妇女们同处在这个男性中心、家长统治而日益走向最后崩溃的封建主义社会制度之下，同处在这个黑暗窳败的封建贵族阶级的现实环境中，她们婚姻不能自主，看不见光明前途，在屈辱不幸的生活中挣扎。一方面，她们各因其不同身份、不同际遇和不同思想品格，虽有压迫残害人和被人压迫残害的区别，虽有一时志得意满和横遭惨死的区别；而另一方面，她们都逃不脱那天罗地网的厄运，同归“薄命”，那是彼此一致的——这不但宝钗如此，甚至掌握统治权力，无恶不做的凤姐也可以包括在内。

从这方面说，作者描写这些青年女子时，和书中宝玉的看法也大致相同：宝玉从他的切身感受出发，和这些女子同受这个罪恶的社会制度的压迫与残害，因此在对他们有所取舍爱憎的同时，又对她们深致不同程度的同情与悲悯。

这种感情是很复杂深沉的。然而绝不是就取消了褒贬，或模糊了爱憎，正相反，是更为准确、更为强烈了；他把它提高深化起来，成为恸天地泣鬼神的诅咒与控诉，指向那最根本的症结——日暮途穷、破绽百出的封建主义罪恶制度。

这就是《红楼梦》的现实主义艺术所达到的思想性的高度。

但是俞先生完全不明白这些。他批评后四十回续书，说“宝钗嫁后也成为一个庸劣的旧式妇人”，又说“瞒消息凤姐设奇谋，从我们眼光看来，何必写贾氏一家如此阴险”。

甚至还有这样一类离奇的意见：“黛玉因感伤泪尽而死，各本相同，无可讨论。只是高鹗写‘泄机关颦儿迷本性’一回，却大是赘笔，且以文情论亦复不佳，从八十回中看，并无黛玉应被凤姐、宝钗等活活气死的明文，所以高鹗的笔法，我认为无根据，不可信。我觉得以黛玉底多愁多病，自然也会夭卒的，不一定因为宝钗成婚而死，高氏所写未免画蛇添足，且文情亦欠温厚蕴藉。”

后来他根据脂砚斋评，这样离奇的论点更为发展了：“一说泪枯，再说泪尽，又和宝玉砸玉作对文，可见在后半部有另一段大文章；而且说明黛玉之所以死，由于还泪而泪尽，似乎不和宝钗出闺成礼有何关连。我尝疑原本应是黛玉先死，宝钗后嫁。又钗黛两人的关系，不完全是敌对的。”

俞先生持着纯艺术观，用胡适派实验主义的考证方法，形式主义地来“研究”《红楼梦》人物，而不用现实主义的原则，从社会环境的关连上、发展上来研究人物的思想性格。照上面所引的一些怪论看，无怪乎他要说“怨而不怒的书，以前的小说界上仅有一部《红楼梦》。怎样的名贵啊”了！

## 三

在《作者的态度》一文中，俞先生教我们："从作者自己书中所说的话，来推测他做书时的态度。"

他说："这是最可信的，因为除了他自己以外，没有一个人能完全了解他的意思的。雪芹自序的话，我们再不信，那么还有什么较可信的证据？所以依这条途径走去，我自信不致于迷途的。"

他十分自信地说："其实做书的意趣态度，在本书开卷两回中已写得很不含糊，只苦于读者不肯理会罢了。"

又着重地说："《红楼梦》底第一第二两回，是本书的引子，是读全书关键。从这里边看来，作者的态度是很明显的。他差不多自己都说完了，不用我们再添上废话。"

在这里，俞先生完全从观念出发看问题。我们知道，了解作者的态度，单凭作者自己的话是不行的，当然还应该看作品的具体内容，看作品中怎样地反映了社会现实，他站在体现了社会现实的矛盾斗争的哪一边，他怎样处理各方面的人物，他在具体描写中引导读者爱什么、憎什么，他要求什么，他的理想是什么，他教读者走什么路。只有这样就作品内容来分析，才是了解作者态度的正当途径；作者自己直接说的话，固然也是帮助我们了解作者态度的一方面，但这必须联系作品中的具体描写，才能看出那究竟。尤其是伟大古典现实主义艺术的作者，他们所能直接说明的，不出他们世界观的范围；而他们的现实主义创作方法又往往和他们的世界观不相符合或是矛盾的。这就是说，他们的主观思想，和他们对自己作品所反映的客观现实的看法往往不一致，有时甚至于相违背。因为真理存在于客观现实中，现实主义作者深入了现实生活，忠实于生活真实，在面对客观现实时就能掌握其中的规律和法则，而把现实的本质反映出来。这时，和他所反映的客观真实不相符合的、错误的主观思想也会出来活动，给予作品内容以一定影响，如对他提出的客观现实中的问题给以错误的评语和解答等等。

马克思在1879年给科瓦列夫斯基的信里，曾教给我们，必须辨别“作家从客观现实所提出的东西和他从主观思想所提出的东西”。我以为在我们古典文学研究中，这是个极端重要的课题。

毛主席在《新民主主义论》文中对我们清理古代文化，早做过“剔除其封建性的糟粕，吸收其民主性的精华”的指示。就《红楼梦》这部作品说，我的体会以为在表露出来的作者的世界观里，很多就是“封建性的糟粕”；而属于现实主义的部分，则为“民主性的精华”。一般地说，现实主义与“民主性”或“人民性”原是不可分的。

我们现在来看看，《红楼梦》的作者在他具体的描绘中，反映了怎样的客观现实，提出了怎样的问题，表示了怎样的态度呢？

我的体会以为，它反映了衰朽不堪、趋向最后崩溃的封建主义制度和处于萌芽状态的初步民主主义思想的矛盾斗争；这是表现在封建统治阶级内部的、当时中国社会发展过程中的主要矛盾。

书中对于封建主义秩序内丧天害理、泯灭人性以及种种丑恶庸俗的特征本质的生活现象，给予严刻的暴露和鞭挞；对于为封建主义秩序所不容而其衰朽力量又不能控制的纯洁真挚的人与人的关系和高尚美好的内心精神，则给以热情洋溢的歌颂和宣扬。作者以其青年早熟的天才，对这两相对立的范畴内的事物，具有极其细腻的敏锐感觉。他总是以艺术的夸张之笔拿这两种生活做强烈鲜明的对比：把丑恶的方面加以漫画化，使读者深恶痛绝，予以唾弃，如对贾政、贾赦、凤姐的恶劣思想作风和对贾琏、贾珍等两性生活的描写；同时，把美好的方面则加以适度的理想化，使之光彩夺人，给读者以强烈的吸引力，如对青年女子们的才情、慧质，丰富多彩的生活形态以及宝玉纯洁深挚的两性关系的描写。

但是，美好的事物总为丑恶所侵害或吞噬；封建主义把一切属于民主主义范畴的现实与理想全都毁灭掉了，因此造成了这个使作者为之椎心泣血的《红楼梦》大悲剧。

在这个用血和泪描绘出来的生活现实中，作者显然引导我们为生活的幸福与美好，为个性的自由与发展，去向罪恶黑暗的势力做誓不两立的斗争。

这就是作者在具体描写中面对现实时所取的态度。我们今天读《红楼梦》，正应该做出这样的结论。

但是作者生当他的历史阶段，出身于他的那个社会和家庭，根据他的主观思想和学问识见，他不可能正确认识那天罗地网似的压在人们头上、造成这个大悲剧的根由就是社会制度；他很现成地根据他主观思想所具有的佛老体系的宿命论，对这个悲剧的原因作了一系列的假想的说明，并为他从生活现实中提出来的具有历史性重大意义的问题做了不正确的解答。同时，也是因为客观条件的限制，他不可能为他的英雄贾宝玉找到更好的出路，只有像他熟知的当时统治阵营内“翻过筋斗来”的人物所选择的和寄托理想的一样：安排宝玉出家做和尚，或者说，逃出这个可悲的人世，到“太虚幻境”里去归籍销案。

这里，他的世界观就同他的现实主义发生了矛盾，并且还给予他的现实主义内容以一些细枝末节的干扰，而作品也蒙上颇多的阴黯色调和悲观气氛。旧时代不少的青年读者们，总是被这部书的向往幸福美好生活和痛恨罪恶黑暗势力的强大深厚的感染力所打动，但又不能从中获得应有的积极，振奋起来，想做些什么或要求些什么的勇气与信心；其故即在于此。这是我们今天的研究者应该详加辨明、明确指说出来的。

可是，俞先生在他所有的文章中，一贯地单只依靠作者在书中的主观解说和有心暗示之笔去作“研究”。于是得出结论说，《红楼梦》一是作者感叹自己身世的，二是情场忏悔而作的，三是为十二钗作本传的。在今年写的《红楼梦简论》一文中，这种错误论点更为发展了，他认为《红楼梦》的主要观念是“色空”。

这样，他就把作者笔下所反映的如火如荼的现实内容完全抛掉，只拿着作者主观思想概念里的一些糟粕性的东西向读者大事宣传，而这部现实主义的天才名著，就被理解成为极端庸俗的说教的书。

俞先生不明白：《红楼梦》之所以伟大，难道因为它是曹雪芹的一篇哲学论文么？不是的，因为它是一部反映了丰富深刻的社会现实的艺术作品；曹雪芹所以要呕尽心血写作这部《红楼梦》，难道是为宣传他的一些佛老体系的主观概念的思想么？不是的，是因为他在客观现实中获得这样镂心刻骨的活生生的体验和感受，使他心魂震撼，痛愤难置，故要写出来，召唤世人跟他一同对那个他还不能正确认识的恶势力进行诅咒与控诉。

用资产阶级主观唯心论的观点方法来“研究”古典文学，就一定把精华抛掉，只能接受一些糟粕性的东西。因为“民主性的精华”，是资产阶级立场所不喜的；而“封建性的糟粕”，正是资产阶级立场所要接受的！

1954年

（原载1954年12月5日《光明日报》）

黛玉葬花（早期）

黛玉葬花（线描）

# 《红楼梦学刊》要开展论争

我对许多问题都不大理解，可平常却还有许多想法。譬如我认为，把一个学术问题搞得很热闹，在目前最好能找一个问题来展开论争，真正搞“双百”方针。现在，街上的秩序很好，汽车互相按喇叭，提醒不要碰车。学术界却不能这样。关于《红楼梦》研究中的问题，分歧大得很，应该展开讨论，使问题能够得到比较一致的认识。《红楼梦学刊》可以挑起这个论战来，这样就热闹了，人家也注意了。这不只是为了使刊物发行得更好，也是为了对目前的学术研究多做一点贡献。

过去的红学会，还是一种统战工作，学术上不多。所以要挑起一场论战，改变社会风气。我国古代，王安石变法，苏东坡反对，可是他们的私交非常之好。我们也要学我们的女排，郎平在球场上，不管是打海曼也好，打路易斯也好，都是往死里打，一下球场，大家握手，亲热得很，一点隔阂也没有。这个风气，我们没有养成。我总感觉到，文艺界、学术界，团结不够，论争也不够。这两项是相关的，因为团结不够，所以论争就不够了，怕受责备，怕破坏团结。所以，应该挑起论战来，展开批评与自我批评，活跃空气，改变学术界的沉闷现象。

（在1986年12月4日《红楼梦学刊》第六次编委扩大会上的发言，刊《红楼梦学刊》1987年第2辑）

# 漫谈《红楼梦》亚东本、传抄本、续书

## ——《〈红楼梦〉版本小考》代序

魏绍昌同志治学脚踏实地，一向重视资料工作。这本研究《红楼梦》版本的著作，有一篇谈“亚东本”，有一篇谈“有正本”。拜读一过，忽如空谷足音，心头不禁砰然而喜。我对版本所知太少，但对亚东本《红楼梦》私心颇有感情。那么，我就先从这个“亚东本”说一点体会。

我在1922年、十四岁那年考进芜湖的省立第五中学。那时“五四”运动还在蓬勃发展。安徽爆发了“六二”学潮，我们的校长刘希平，站在时代前列，带领我们投身革命爱国浪潮，积极鼓吹新文化运动。我们不少的同学向往十月革命，几位高班同学克服重重困难，跑到莫斯科去学习。

芜湖的大街名叫“长街”。快进“长街”，在“陡门巷”，那里有家书店，窄窄的门面，小小的店堂，名叫“科学图书社”。橱窗里陈列着令人触目心跳的书刊：《新青年》《少年中国》《新潮》《冬夜》《草儿》《尝试集》，还有《胡适文存》《独秀文存》和线装布套的《新文库》等等。此外，就是分外打眼的亚东版汪原放标点的几种大部头白话小说。那时新的白话小说还不为人所熟知。所谓白话小说，就指新文化运动提倡白话文因而声价十倍的明清小说名著。平装本一律厚纸封面：上印一把火炬的装饰图案画，连同书名题签，显得朴实大方。另有精装的，都是三十二开本。

我们这些青少年同学，爱好各不相同，但对传播新文化读物的需求，真是似饥若渴。我们自由阅读的时间不多，手头买书的钱也很有限。买什么书，多是蓄意已久，再三考虑过的。我最先从陡门巷“科学图书社”买到手的就是一部亚东本《红楼梦》。

我在高小时，翻看过一些小说书，多是借来的，土纸木版本，书叶往往毁损，字也难看清。高小毕业时，借看过石印本《金玉缘》，堆墙挤壁的行款，密密麻麻的字迹，看得头昏眼胀，似懂非懂，但是极感兴趣。这中间，听到许多有关的谈论，也看过不少的文字，《红楼梦》就在我心里占据了一个特殊地位。

现在我买到手的，属于我所有的这部书，是跟我平日以往看到的那些小说书从里到外都是完全不同的崭新样式：白报纸本，本头大小适宜，每回分出段落，加了标点符号，行款疏朗，字体清楚，拿在手里看着，确实悦目娱心。我得到一个鲜明印象：这就是“新文化”！

我开始尝到读小说的乐趣。心里明白了小说这东西和读小说的人所受待遇新旧对比是如此其迥不相同！同时读它的还有好些同学。我们不只为小说的内容所吸引，而且从它学做白话文：学它的词句语气，学它如何分段、空行、低格，如何打标点用符号。

我从小念古书，讲究背诵，作文就照背熟的调门编造。因此，见到认为好的白话文，也如法炮制：抄下来，拿着念诵，学它的句法和腔调。后来接触白话文渐多，学着写给报刊投稿。但行文如缠过的小脚走路，句子生硬，语气呆板，词不达意。其故即在笔下写的跟日常口语不通气，没有做到“我手写我口”。我们的国文老师不反对白话文，可是积习难除，课堂上读书作文还是文言为主。这样，我们自然而然拜亚东本白话小说为师，阅读中用心钻研、琢磨。一部《红楼梦》不止教会我们把白话文跟日常口语挂上了钩，而且更进一步，开导我们慢慢懂得在日常生活中体察人们说话的神态、语气和意味。如此，我的白话表达能力有了明显的进步。突破这一关，对我十分重要。比如我画画，至今仍然只能照画帖上的临摹，生活里的东西，尤其牲畜动物，我就一直画不像。

《红楼梦》岂仅教人学写白话文？我们从中受教的，首先当然还是它的内容。拿我作例，仔细回忆，约有三点可说。

一是同情贾宝玉的为人，他真心尊重和爱护女儿，给我留下最深刻的印象。这教我对现实社会重男轻女和侮辱女性的现象非常反感。其次，对贾政、贾赦等为父者野蛮无理的恶劣作风极为憎恶。而这在我们现实生活里比比皆是，视为当然。这些方面，启发我开始具体认识到什么是封建，什么是新文化、新道德，以至民主与科学的重要意义。

同时，从中我也接受了不轻的消极影响。主要就是字里行间流露的那种“人生无常”的感伤情调。后来我想，原作者曹雪芹在他的那个时代，不可能知道另外还有什么资本主义、社会主义社会，不可能知道他面对的是个封建社会。他必然会把他所处理的社会问题，错误地看成自古骚人墨客再三慨叹的人生问题，由此滑进当时颇有势力的佛老虚无思想的泥淖，不免传播了颇多的宿命观和无可奈何的悲哀之音。

当年这样一些感触，都很简单肤浅。但也说明，我一方面从“五四”运动接受了一些思想教育；一方面我也能把它同日常生活联系起来，取得一些有血有肉的感性认识和理解。这其间，《红楼梦》的内容确实给了我很可贵的教益。

以上谈了一些个人的往事，无非想说明一个意思，就是，这一运动，包括多方面内容；它们相互关联着，配合着，成为一个整体。我们应该整个地来看这一运动，认识它的各方面内容的具体性和必要性。不应该拆散七宝楼台，只看那些五颜六色的零碎片断。这样整个地看，那么，例如亚东本白话小说的整理出版，连同汪原放的分段标点和胡适的小说考证，都属于这个运动的构成部分，应当实事求是给以应有的评价。看列宁如何评论普列汉诺夫，鲁迅如何评论章太炎，这样革命的科学态度是不可忽视的。

绍昌同志告诉我们，亚东本《红楼梦》采用的是最早排印、也是最通行的程伟元刻本，基本上亦即解放以来国家出版社多次重印的一百二十回本。这是今日我们最广大读者所享有与阅读的版本。

近多年来陆续出现了一些手抄本《石头记》。各本的词句有些出入，残存的章回有所不同。推想起来，它们可能比百二十回刻本接近原作者原稿的面目；又加里面附有脂砚斋等人的批语，于是引起许多学者、专家的兴趣。这种抄本研究，当然是不可少的，这里面也含有对后四十回续书不满的意思，这也理所当然。在看出了后面续作的差距之后，谁能不引以为恨呢？

与此同时，也有人认为不但后四十回狗尾续貂，前八十回原作也经过续书作者的许多篡改。于是出现两种难免的论点：一种对续书和续书作者深恶痛绝，认为续和改别有用心，是个政治问题；另一种则出于善良的愿望，说是要恢复曹雪芹原作的本来面目。我想把各种版本研究整理一番，使复杂的疑难问题逐步有所澄清，倒还是大家所期望的。

但是人们担心，是否由此会彻底否定后四十回续书，并进而否定百二十回的流行版本，借以独尊八十回传抄本？尽管这是杞忧，在这里，仍然想说几点窥测的看法。

关于《红楼梦》成书的许多事情，我们所能知道的实在太少，也很不确切。例如原作在八十回后是否已经基本完成？又是怎么“迷失无稿”的？现有的后四十回怎么来的？百二十回本跟八十回传抄本词句和内容的不同之处，是否全都出于续书作者的有意篡改？这样一些问题，总希望能搞清楚一些。

拿“程乙本”跟“庚辰本”对照，先不管词句之类的小差异，有多处情节场面确实经过删改了。且举两处看看：

“庚辰本”第六十三回，贾宝玉叫芳官改扮男装，“将周围的短发剃了去，露出碧青的头皮来”；又说芳官的名字不好，改了个番名叫做“耶律雄奴”，后被叫成“野驴子”；又把她“算个小土番儿”来献俘，“引得合园中无不笑倒”。可是“芳官十分称心”。宝玉还说什么“如今四海宾服，八方宁静”，“咱们一戏一笑，也该称颂，方不负坐享升平了”。后来又把她改名“温都里纳”，而“芳官听了更喜”。跟着，史湘云的葵官、薛宝琴的豆官也改作男装，改掉名字。这一大段描写，到百二十回刻本就删削得不留痕迹。这样的删改，是改好还是改糟，是好心还是恶意？又出于谁的手笔，原作者还是续书的人？在实际生活里，贵家公子小姐恶作剧拿使唤的丫头下人辱弄取笑，是常有的事。但是我们爱好《红楼梦》的读者读到这段文字，恐怕不能不感到抱憾；也很难叫我们相信，百二十回本的这种删削倒是出于别有用心的篡改。我们应当可以同意，芳官在书中是个不大驯顺的女子。现在却甘受侮弄，反倒称心自喜。这不止有损芳官颇有些光彩的形象，连带着也损坏了一心尊重爱护女子和丫环的主人公贾宝玉——也是有关此书主旨的性格特征。

第六十五回写了尤三姐。“庚辰本”写道：“贾珍便和三姐挨肩擦脸，百般轻薄起来。小丫头子们看不过，也躲了出去，凭他两个自在取乐，不知作些什么勾当”；“谁知这尤三姐天生脾气不堪，仗着自己风流标致，偏要打扮的出色，作出许多万人不及的淫情浪态来”；并且写到“底下绿裤红鞋，一对金莲或敲或并，没半刻斯文”，等等。尤三姐心高气傲，是书中唯一的光明正大公开要求婚姻自主、自择配偶的一个姑娘。她对惯于玩弄女子的豪门纨袴子弟一向心存反感和蔑视。现在照这样写，明显有损这个光辉形象。书中一贯避免写女子的鞋脚，唯独这里直写无隐，这也违背了书中描写女性的一个美学信念。这些，在百二十回本里，都做了删改。我们是不是也应该认为改得好，改得必要。

像这样的修改，都深入到决定人物形象塑造的情节去取和意义掌握的问题。我想说，可能只有原作者曹雪芹本人有此种敏感；无论续书作者是谁，连同脂砚、畸笏等批者在内，都不像能够有此水平。我设想，曹雪芹以他的历史条件和生平经历，写作这样一部博大精深的作品，随着创作实践的进展，对生活现实的认识自必不断有所提高。写到后面，必得回头改写前面，还须重新修改后面。也未必三两次就可以改好或定稿。所谓“批阅十载，增删五次”的过程必然不免，而且仍然不能完工。例如上举的内容，生活素材里都是会有的真实之事。一时从另外的意义着想：比如写侮弄芳官作戏，是为写其时宝玉的极端苦闷无聊；写尤三姐的佚荡不检，是为写贾珍等人的兽行与无耻，这样随手写了。但回头从全书艺术构思的主旨来看，就会发觉这些描写的严重不妥，必须删掉。

我并不排除这类修改出自续书作者的可能。若果如此，我以为这位作者实在高明。曹雪芹有知，应该引为真正知己（脂砚等人虽很亲近，思想观点实不相侔），衷心感激他的斧正。但这种可能我以为很小很小。

再说，书中需要修改，而还没有改或没有来得及改，和还没有改妥补好的情节场面，也可以举出一些例子。

比如第五回《红楼梦》曲子等，持论多是一些陈陈相因的世俗之见。尤其像论及秦可卿的几处韵语，什么“箕裘颓堕皆从敬，家事消亡首在宁，宿孽总因情”，什么“情天情海幻情深，情既相逢必主淫，漫言不肖皆荣出，造衅开端首罪宁”，简直是“女人祸水”的谰言！曹雪芹假如多活几年，这种违背全书主旨的地方，应该也是要修改的。这不是凭空臆说。试看写秦可卿的第十三回所谓“淫丧天香楼”的段落，“甲戌本”有条总批说：“老朽因有魂托凤姐贾家后事二件”，“其言其意则令人悲切感服，姑赦之，因命芹溪删去”。我们要搞清楚，这是批者说的话，未必能代表原作者的见解。原作者删去了这一段，也许另有他自己的理由。而且删去之后（据说有五页之多），没有弥缝善后，至今给我们留下了一个秦可卿之死的悬案。看来要愈合这个创口，势必牵涉如何处理整个人物的问题。作者看待此人，忽此忽彼，观点犹移，笔下甚乱。关于描写她的卧室和太虚幻境宝玉做梦的那些奇怪的暗示，我以为也跟“天香楼”的场面相类，拿全书主旨衡量，都是不够妥帖的。作者一时拿不定主意，只好搁着再说。

记得俞平伯先生曾提出一个题目。第三十五回末，薛宝钗在怡红院，教她的丫环莺儿用金线给贾宝玉打络玉的络子。正在此时，“听黛玉在院内说话，宝玉忙叫快请”。接着是“要知端底，且看下回分解”。翻过一页，看第三十六回，却不再提黛玉，扯到别的事上去了。俞先生说，我们可以试写几句，补上这里的缺笔：黛玉在此场合该怎么表态，怎么说话？我们知道，那玉上原是黛玉给打了穗子的，也是她为“金玉”之说闹气剪掉的。按照平日以往黛玉的脾气，眼前所见，是个极为敏感的问题，正碰着她心里的疙瘩，一定不能容忍，会说几句极其尖刻的话，难保又要跟宝玉闹一场。但是我们又知道，自从第三十二回“诉肺腑”以至贾宝玉挨打以后，两下里经过一连串的交心，此时她已完全落实了对宝玉的信任，对宝玉的猜疑和矛盾已经解除，从此再没有跟宝玉闹过；困扰她的“金玉”之说也撂过一边，因而对宝钗的戒心也已平缓，接着就有“兰言解疑癖”之事。在此心情变化、处境不同的时候，黛玉不应像过去那样“依然故我”。看第三十六回黛玉见到“梦兆绛云轩”的镜头，以后也只对宝玉冷笑两声，说了句打趣的话完事。可见黛玉对此，心情已有不同，但又不应不有所表示。这种复杂微妙的内心状态，很不容易掌握。对俞先生出的题目，我自问答不上，补不好。因此，我设想，书中所以有此缺笔，是不是正也因为原作者需要忖度一番，一时不好下笔之故。

曹雪芹当然是个了不起的艺术家。但我们也不应该迷信，把他神化。我看在原作者笔下，八十回以后的几十回书，会有更多的疑难，越到末后越须煞费苦心。因为前面从一个中心层层展开，写了许多的人和事，细针密线，头绪繁多，脉络错综，息息相关。入后变故迭起，水涸木落，如何应接伏线，紧扣核心，收得合情理，结得有力量，以作者当年能有的心力和经验，实非轻而易举。从前八十回的情况估量，八十回以后的原作，可能有个大略草图，或者还有一些段落章回的草稿，仍在不断地推敲规划之中，未必已经全部杀青定稿。脂砚斋等人的批语之类，为我们透露了一些零星消息。有的似甚具体，但无定说，比如史湘云，甚至薛宝钗、王熙凤几个重要角色的遭遇和下场。关于主人公贾宝玉，说在狱神庙被囚，又沦为击柝者云云，但最终怎么跟佛道大士真人携手，又怎么做和尚的？“悬崖撒手”什么意思？是写实还是比喻象征的说法，怎么个“撒手”法？不懂，也难于想象。

古来脍炙人口的名著，多曾几经修改，中外文学史上不乏其例，视为正常。若认定初稿、草稿才是本来面目，比经过修改的质量要高，不一定符合事实。这也要具体分析。

后四十回续书的作者，接替这样一位原作者之手，来续补这样一部残缺未完的巨制：他没有那样的生活体验，他没有那样的思想认识，他没有那样的艺术才能，相形之下，续书存在不小的差距，自为理所当然。可是，我们看到，在核心部分保持了悲剧结局，有不少的段落写得颇为动人；我们还能看到，字里行间，兢兢业业，亦步亦趋，认真临摹原作的规范，致使一般读者，以至电子计算机，发现不出它的借手痕迹。比起那些数不清的续作之书，这是何等难能可贵！我想打个不恰当的比喻，一个没有下肢的人，装上了橡皮腿，这腿没有神经血肉，捏捏不痛，搔搔不痒，但站得起来了，可以行动了，像个完人了。想到续书比装腿难，岂不教我们叹为不幸中之幸！若没有这个百二十回的本子，单凭那八十回，二百年来，这部书能如此为广大读者所传诵，那是无法设想的！

绍昌同志给我的信说，他这本著作是“着眼现代的本子，如有正本、亚东本，都是民国的本子。这也许有人是不屑谈的，但我认为对现代读者的影响和作用是较大的。那份版本表，我是尽力把头绪纷繁、花色特多的各种版本加以简单化，一目了然化，想对初步了解一下红学版本概况的读者，或能提供一些方便”。

我的一些看法跟他的正好是一路，故不揣谫陋，借此机缘写出来，参加讨论，并以求教于大家。

1981年3月3日

（原载《红楼梦版本小考》，中国社会科学出版社，1982年初版。）

史湘云（线描）

# 附录

## 关于中国古代小说理论的几点体会

1980年2月至7月，由于各大学开始普设“中国文学批评史”课程，研究古代文论，逐渐受到重视。为培养师资，教育部委托华东师范大学和武汉大学两校中文系在上海合办为期半年的师训班，由徐中玉、王文生两教授主其事。以聘请专家讲学为主，组织学员共同讨论为辅。承郭绍虞、朱东润、施蛰存、程千帆、钱仲联、吴组缃、马茂元、吴调公、舒芜、程应镠、吴奔星、叶玉华诸先生都允来讲课，受到学员们极大欢迎，一时称盛。开始本应每讲仔细录音，却疏忽未行，后才一一录下，得以整理油印出来，但又多未及遍请讲者审看。学员近五十人，来自近四十所各地主要大学的中、青年讲师及副教授，油印件随出随发。时距二十二年，保存完整者已极少。近才搜求到一部分，或后已公开由讲者审看后发表，部分则未经审看。著名小说家、小说研究专家吴组缃先生此文即属此类。原讲共两次，合为此稿。吴先生已逝世有年，此稿不知已否成文发表？此稿全据当时所讲口头录音，通达平易，深有特色。特为刊出，既有它本身的价值、特色，也谨表我们对老友名师大力支持的感谢与怀念，未经他本人审定，不妥处当是整理者之责任。敬希读者的鉴谅。文中小题目为编者所加。（徐中玉附记）

我对中国文艺理论，没有什么研究。总认为搞文艺理论不能脱离实际，不能脱离文学史、文学作品，还不能脱离当时的哲学思潮，当时社会的政治。文学批评史，应是文学史的一个重要的构成部分。这当然不是说不要写中国文学批评史，但绝不能把它同中国文学史的精神脱离开来，专门背条条。专门研究条条，什么也研究不来，因为你不了解这些条条在当时有进步意义没有。

## 一、中国古代的小说

中国小说，在各种文学样式里头是成熟最晚的，比戏曲还晚。它所以成熟得晚，因为文学就像人一样，从幼年、少年、青年发展到成年，是相当长的一个时期，中国社会发展到后期，小说才成熟，小说的内容，是人类对客观世界认识比较成熟的产物。

人类社会发展受两个限制：一个是生产规模的限制，一个是阶级的限制，这就形成了历史局限。原始社会没有阶级，但生产规模太小，认识世界也很狭小，人人忙于养活自己，对别的事情不感兴趣，他的理想、愿望，也就是怎么猎取更多的食物，然后到奴隶社会、封建社会，到封建社会后期，商品经济大为发展，而且在我们中国发展不平衡，在东南地区发展比较快，因此小说在这一带成熟起来。

小说这个形式，在各种文学样式里，反映社会生活更广阔，能写一些社会问题。我国古代的抒情诗，除少数叙事诗之外，一般都抒写个人之情，它提出的问题常常是个人问题，如人生无常、相思、看人、思妇，都是个人问题，当然你从他个人身上也看到社会问题，不过他主观上写的是个人问题。到小说里头，也有这一类题目，不过常是提出一个社会问题，开阔了。为什么呢？因为生产规模扩大了。我是乡下人，在皖南山区长大的，小时候就不晓得平原是什么样子，眼界太狭窄，在外边跑的人，眼界就开阔一些。小说这东西，就可以反映更开阔的眼界之下看到的一些问题。这种形式本身，表达能力也最强、最自由，所以在各种文学样式里头，小说的内容更充分、更开阔。这并不是因为我们搞小说，就夸小说，把别的东西都贬掉，这里讲的是内容的开阔、自由，别的方面，它又不如别的文学样式。如直观的形象教育，不如戏剧；表达感情方面，不如诗歌。

中国小说最早是原始社会的神话、传说，世界各国也都如此。神话、传说，实际是一回事。按道理讲，神话说的是神，许多自然现象不理解，把它当神看了，创造出许多神来。传说，是对人的一些非常英雄的事迹的记载，这是传说。但是，写神呢，作者也没见过神，写的实际上是人，拿人类自己推想的，写人的传说，也把人神化、把神人化了，所以古代的神话和传说分不清，如《汉武帝内传》《穆天子传》。穆天子本来是人，可是他又驾着八匹马的车子在天上游，成了神的样子。汉武帝当然是人了，但后来他又同西王母来往，西王母又是什么神。这样的东西，古代人都不认为是神话、传说。神话、传说这概念，是我们后世有科学头脑的人起的名字，古人认为真有其事，他们是作为真正的东西记录下来的，是属于历史的东西，都看成科学记载。“志”，不论有没有“言”字旁，都是记录的意思。“志”和“作”是对立的，“作”才是创作，是虚构；“志”不允许虚构，是记录。就等于我们今天看电影，哪是故事片，哪是纪录片，分得很清楚。“志”，就相当于纪录片。“志”，后来叫“志怪”，又后来叫“志人”，神话、传说部分就减少了。神话、传说和志怪、志人，两组四个样式，都是属于历史，古代小说的这种内容，与现代的意义不同。现代的小说，一方面有传统的称谓，同时也受了外国的影响，内容已不是中国本身的了。

最早的小说，在先秦讲的小说，是对“大道”而言。上层人物的一些事情，如修身、齐家、治国、平天下，都是“大道”；小说对“大道”而言，都是日常事务性的小道理，这些小道理都是民间所谓“街谈巷议，道听途说”，日常生活的一些经验，好比说，蚊子出来了，要洒敌敌畏，就是这一类东西。鲁迅有《古小说钩沉》，里面有许多神话传说，也有许多科学记载。如“春花落瓣，秋花落朵”，南方的燕子怎么样，北方的燕子怎么样，这都是科学记载。还有许多神话，就是“志怪”了。这些都是与“大道”相对的“小道”，但先秦儒家也有两面，一方面对这些东西“君子不为”，另一面也主张“虽小道必有可观者”。这种观点，没有多少理论。但实际上传播了一种理论，就是“街谈巷议，道听途说”是民间的东西。这就是一个理论，最早的理论，也形成了中国小说发展的一个传统，所以我们说小说理论在先秦就有了，在小说的原始阶段就有了，这个传统、这个理论，你遵守它，就往往成功；

你不遵守它，就失败。如清初蒲松龄，他写了《聊斋志异》，他的成功首先一条是取的“志”的路，就是搜集民间的神话传说。因为民间的神话传说里面有广阔的、丰富的社会内容，时代社会的血肉、老百姓生活的血肉都结晶在神话传说里面，有很丰富的内容，有很深刻的意义。他首先花了很大的工夫来收集民间的传说，他自己不虚构、不创作，把这些东西都收集起来了以后，他再加工创作，根据这些来创作。这一条他遵守了，所以《聊斋志异》一开步就在故事方面取得成功。这些故事拿出来，老百姓感到兴趣。虽然他是用典奥的文言写的，老百姓在口头上都可以传说。许多乡下的老百姓，他一字不识，但能谈《聊斋志异》的故事，因为那个故事同他有血肉联系。它从群众中来又回到群众中去，老百姓喜闻乐见这个故事形式。在这以前，尤其是以后受《聊斋志异》的影响，有大量的《聊斋志异》式的作品，但大部分没有走这一条路。一个不得意的书生，考科举没考上，就来写小说，他不是走蒲松龄的道路，到民间收集街谈巷议、道听途说，而是自作聪明，关在家里虚构，结果老百姓毫不感到兴趣，砸了锅，失败了。

小说家出于稗官，稗官就是史官的一种。封建社会上升时期统治阶级派了史官在民间到处收集诗，也有专门收集神话传说的。因此，我国古代书籍里头还保留了一部分古代的神话传说。他收集来干什么呢？就是看看老百姓在想些什么，来作为他们进行统治的参考。他们看老百姓的反映、思想活动、动态，就是要缓和矛盾。所以我们古代封建阶级有许多诗歌向统治阶级建议，缓和矛盾，巩固统治，而不是推翻它。小说属于历史的范畴，所以像《穆天子传》过去归到帝王的起居类，《山海经》摆在地理部，都被当作科学记载。发展到元朝的时候，变成志怪志人了。元朝是个动乱的时期，死的人多。古代科学不发达，有迷信思想，见神见鬼。死亡的人越多，神话传说也就更多。所以元朝的志怪是很独特的，到蒲松龄时代又是这样。明末清初，大动乱，大破坏。老百姓死了很多，饿死的，杀死的，各种疾病死的，很多，于是产生大量的神话传说，狐鬼故事特别多。《聊斋志异》常常写一个妖宅。那时南方、北方到处都是空房子，没有人住，你说是神话吗？不是的，是真实情况。人死光了，没有人住，就是这么一种情况。死亡相继，狐鬼就出来了，狼也出来了，野兽也出来了，不稀奇。

古代文与史不分，开始分开是《文选》。昭明太子萧统《文选序》把文与史分开了。文是什么呢？他说："事出于沉思，义归乎翰藻。"用这两句话，把文学同史学分开来了。可是他们所谓文不包括小说，不包括志怪志人。志怪志人还是属于历史的。文学的小说部分，志怪志人、神话传说，仍然属于历史。

小说发展到唐代，又有了变化。唐代是中国封建社会发展最兴盛的时代。首先是商品经济进一步发展，商业贸易发达，造成大量的老百姓脱离农业劳动，脱离农村，形成了出卖劳动力的阶层，促进了城市的繁荣。除了国内的商业贸易之外，当时最突出的是国际间的贸易往来频繁，伴随着商业贸易，国际间的文化交流也更加发展。鉴真和尚就是唐代的。唐代大诗人李白是碎叶人，碎叶在新疆还要过去，有的地方现在属于苏联的范围，所以李白看问题的眼光就不一样，心胸就比较开阔一些，那个时候写游子、思妇的作品特别多，也就反映着这种情况。你看到处都是胡姬，唐人小说还有“昆仑奴”，昆仑奴就是黑人，胡姬多数是少数民族，有的则是波斯（伊朗）人、巴基斯坦人、印度人。另外还有东罗马帝国的，是通过“丝绸之路”来的。日本的留学生也很多。当时长安的规模很大，有好几百万人，哪里人都有。扬州也是一个大的商业区，有大量的外国人。“故人西辞黄鹤楼，烟花三月下扬州。”李白为什么要送孟浩然到扬州？就是因为扬州商品经济发达，外国人多，他要来采购、游玩，要来看文化的新气象。宋、元以后的一些小说也常写到扬州有许多波斯人，专门经营珠宝。由于商品经济的发展，国际交流的扩大，开阔了视野，这反映到文化上就出现了一个繁荣昌盛的时期。这可以同汉代相比，汉代也是类似的情况。

在这样的背景之下，于是唐代开始有“说话”。当时宗教也很盛行，寺庙很多，“说话”最早就是从寺庙里和尚说经开始的。他们在庙会的时候，把佛经作通俗宣讲，讲佛经故事。庙会往往就是农村集市，所以宗教的活动是同商品经济的活动有联系的。最初是寺庙里的和尚说经，很多人来听，后来老百姓也讲，在民间流传了起来，就是“说话”。现在敦煌还保留了许多唐代的“变文”，一部分是宗教故事，大量的是民间故事，是老百姓的东西。这些民间的东西为当时先进的知识分子所接受，他们又做了进一步的创造，就出现了唐人“传奇”。封建阶级并不是完全接受民间的东西，要看是怎么一个具体情况。封建阶级也有上升时期、兴盛时期、没落时期的区别。前一段“四人帮”搞极“左”思潮，把封建的东西一棍子都打死，他们打着毛主席的旗号，实际违背毛主席的思想。毛主席说中国封建时代有灿烂的文化。我们看问题不能片面，在世界上中国封建社会时间最长，中国的封建阶级很有统治经验，他们有时也采取一些缓和阶级矛盾的措施，来维护自己的统治。

在民间“说话”的基础上，当时士大夫阶层的白居易、元稹，以至韩愈、柳宗元都开始大量写作文言小说，写“传奇”。他们在创作中开始根据自己的生活经验来进行虚构。白居易曾在新昌宅听《一枝花话》。《一枝花话》就是现在《李娃传》的前身，过去是民间的“说话”，而白行简加以改编，进行虚构，把它写成了“传奇”。元稹写《莺莺传》，讲一个张生在寺庙里碰到了崔莺莺，以后又如何如何。以前说元稹写的是自己，但后来有人考证没有这个事情。他是进行虚构，以妓女为模特儿，写成了崔氏小姐。这部作品影响很大，后来重新在民间再传播，然后到“董西厢”，再以后又产生了王实甫的《西厢记》。可见，唐人“传奇”是受民间的影响而逐步发展起来的。

唐代小说创作，突破了以前的局限，开始虚构，文字上也不像志怪、志人那样朴实无华了，讲文采、讲描写人物、写人物性格，这就接近近代人的小说了，不只讲故事，而是写出人物来。《聊斋》一方面走“志怪志人”的路，搜集民间传说，然后再加工，走唐传奇的路，把志怪志人与唐传奇两个传统结合起来。

到宋代，城市发展了，有勾栏，有专门说书的，这样就产生、推进了近代意义的小说。所以，中国小说的民间性、群众性很突出。最初不是写给人看的，是说给人听的。因此我们的小说同外国的不一样，通过一系列动作来刻画人物性格，人物性格完全能讲出来。外国小说不能讲，比如《安娜·卡列尼娜》写跳舞、赛马的场面，写得很漂亮，很美，达到艺术高峰，可是你谈到它，一句也说不出来，除非你背。为什么？它不是说给人听的，是写给人看的。

## 二、中国的一些小说理论

这些理论不只是讲小说的，但包括各种文学样式在内。

### （1）器识、读书、行路、孤愤

我们常把儒家孔孟之道一棍子打死，这不对。儒家孔孟之道的思想体系我们不会同意，可是它经验很丰富，识见很广阔，有很多真知灼见，很深刻。比如儒家讲“士先器识而后文艺”这句话就很好。“士”就是读书人、知识分子，应该先讲“器识”，然后才讲文艺。“器识”，拿我们现在的话讲，就是品德的培养。“器”就是器具的“器”，里边能装东西，而“器”的大小，主要是“识”的问题。见识太少了，就多怪，少见多怪嘛，“器”就不会很大。这一句话很重要。一个人对事物认识的深刻性，同识见广博分不开，没有识见，特点就抓不住，就写不好小说，也评不好小说，不能对文艺理论有真知灼见的理解，只能搬条条。

司马迁很了不起，他说“读万卷书，行万里路”。“读万卷书”，并没有什么了不起，那是书都写在竹简上、木片上。一万卷也只那么一点，我们可以超过他。“行万里路”很重要，司马迁不行万里路，写不出《史记》来。《史记》同后世那些史书就不同，他眼界开阔，不把人看得绝对化，哪是好人，哪是坏人，不像我们电影那样简单化，好人就是好人，坏人就坏人，五岁小孩子一看就知道。《史记》就不同，很难说哪是好人，哪是坏人，在这一篇里，这个人有优点，另一篇中他有缺点，辩证地看人，生活里本来就如此。托尔斯泰的书也如此，你也很难分出哪是好人哪是坏人。“读万卷书”也很重要，因为你不能样样都识见，要接受文化遗产。我认为人和动物的区别，主要在于人类能积累知识，动物不能积累知识，人类的文明就是知识积累。当然古代的知识有两类，一类是错误的如鬼神，或者在当时有用、今天无用了的；一类是今天还有用的，这是大量的，所以“读万卷书”很重要。

唐代史学家刘知幾写了《史通》，他讲究“才、学、识”，说作为一个史家，必须讲“才、学、识”，他说的，也包括文学家。“才”，就是天资。天资，我们不能否认，就是聪明一点，有先天的条件，在艺术创作上很显著。可是“才”主要是后天的，后天的锻炼。“学”就是“读万卷书”。“识”摆在最后，但并不是说最不重要。恰恰相反，古代最重要的往往摆在后边，像周信芳的“压轴戏”一样。“才、学、识”很重要，“读万卷书，行万里路”很重要，“器识”很重要。这是我们文学的一个理论，一个传统。

到明代以后，资本主义萌芽、商品经济特殊发展，资本主义生产关系已经开始出现，当然还是封建社会，这时产生一些思想家，其中有一个很突出的，就是李贽。他有许多重要文章，其中一篇是《童心说》，这篇文章很重要的一点，就是要摆脱封建思想的束缚，替那时的新的文化——人民的文化铺路，打先站。于是他对中国的小说花了很多的劳动。当然，这个问题还要继续研究，对资料进行研究，哪些真正是李贽做的工作，哪些是别人借他的名字搞的，这个工作要搞清楚。但我看即使不是李贽的，也是受了李贽的影响，他那些理论也同样都要重视。

李卓吾在我国小说发展的成熟阶段，是一个元勋，头一个有功劳的人。《文论选》选了李贽的重要文章《童心说》，就是提倡小孩子的精神思想，要求搞文艺工作的人，要从封建思想的束缚里头突破。在他那个时期，这反映了商品经济的发展，一些新的阶级、阶层的成熟。他的思想体系也还是封建主义的思想体系，古代不可能有别的思想体系。封建主义的思想体系，我们中国是三家，就是儒、释、道这三家。我们古代很多进步思想家、文学艺术家，谈他们的思想体系的话，根本不可能、也没有摆脱这三个思想体系。例如曹雪芹，有儒家思想，也有佛家思想，也有道家思想，都没有摆脱掉。可是在某一些具体的方面，具体的生活方面，在接受感情生活上面是突破了，突破某一点就不容易。要求他摆脱这些思想体系，而有达尔文进化论的思想体系，有卢梭民约论的思想体系、民权论的思想体系，是不可能的。李贽在《童心说》里，就是要求突破这个封建时代的思想束缚，为小说创作，为当时的新的进步文化服务，开辟道路。就达到这一点而已，而这一点是很重要的。所以，李贽在《忠义水浒传序》里，（这个我稍微补充一点，就是中国古代小说理论不像诗文理论，有专著，如《文心雕龙》；有专篇，如《典论·论文》《文赋》。小说理论就在序言里、跋里、评点里，还有许多批语，还有一些札记、笔记里头都谈到，所以搞小说理论要广泛地收集。而且，我们说它是理论也可以，实际上它只是自己的一些体会。我来谈的话，也是我的体会。我的题目，就是关于中国古代小说理论的几点体会。）强调文学作品，包括小说，最要紧的是孤愤。司马迁写《史记》，完全发表他的孤愤，《聊斋志异》作者自称是“孤愤之书”。后来也有别的人讲，说《水浒》就是施耐庵的孤愤，借水浒英雄表现出来；《红楼梦》的孤愤，拿儿女之情表现出来；《聊斋志异》的孤愤，拿狐鬼表达出来。古代成功的作品，名篇名著，都是有孤愤的。没有孤愤，写不好文学作品。左丘明有孤愤，就写成《左传》；屈原有孤愤，写成《楚辞》。孤愤是什么东西呢？我的体会，孤，就是自己的，个人的，我自己的，我个人的；愤，应该说是一种激情，激动的感情。这一条我觉得很重要。搞文学同搞别的科学论文不一样。写文学作品，首先要有自己的激情。没有这个激情，像汽车没有力量，不能发动。一个作品，有两个很重要的东西，构成了艺术生命之所在，就是真诚，就是个人的激情。并不是我们每个人对每件事情、每个主题都可以写得好，不是的。你对这个主题缺乏激情，你就写不好。你看我们古代的演义小说、历史小说，每一个朝代都有一部历史小说，起码是一部，宋代有好几部，隋唐有好几部，有《隋史演义》《隋唐演义》，还有《说唐》。可是经过时间检验，家喻户晓的，只有《三国演义》。就是因为《三国演义》里面，贯穿了罗贯中的激情。而别的那些历史小说没有激情，只编排了一些材料，就不能激动人心。一个文学作品，包括小说在内，它的目的不是用说理来说服人，它所工作的对象，主要的不是人的理智，而是人的感情，人的情绪。所以讲，文学家是人类灵魂的工程师。灵魂工程师要搞到人的感情、内心情绪里头去，不是理智的活动。我常常看到人家称赞某篇小说写得好，说它能说服人。我不知道这是褒它呢还是贬它，我看是贬它。你那小说说服了人，这有什么了不起啊？要感动人！要感动人，必须首先自己感动。你自己都不感动，叫人家怎么感动啊？所以李贽讲的这一条孤愤，这一条真情是必要的。你无论是作诗，作散文、作小说、作戏曲，都必须要有真实感情。孤愤里头除了真情以外，还有一条就是实感。你那个真情哪儿来的？就是你有实在的感受的缘故。你要写一个英雄，又根本没有见过英雄，你就听人家说说，那不会有激情。你有了激情，是因为你看到了、直接接触了英雄，感受了英雄的光辉的一面。那一方面使你感动了，因此，你就观察得细致，了解得也更深入。一个妈妈，生一个孩子。因为妈妈对孩子很有激情，有孤愤，因此，她对于小孩子的每个小动作、小的表现，都充满了激情，都观察得细致。如果我告诉你我家小孩子会笑了，你一点也不感动。哪家的小孩子不会笑？可是妈妈感动得要命。我没有激情，我就写不好这个妈妈。真情跟实感是两回事情，真情是自己主观的，实感是对于客观事物的观察、认识。真情实感是构成文学艺术生命的东西。没有这两条，你的作品就没有生命，就会是概念化、想当然的。李贽提出的孤愤，在我看来，是很重要的一条理论。

### （2）形象大于思想

李贽的一个跟着他实际上是做秘书工作的、做助手的一个小和尚（李贽是居士，也相信佛教的），叫怀林，他在一种版本的《水浒传》里（就是李卓吾的《忠义水浒传序》的前面，是他写的几句话），谈到他对小说的一些见解，说客观世界里头有《水浒传》里所写的这些人和事情，然后才有《水浒传》。社会上先有像鲁智深、李逵这样一些英雄人物，然后才有鲁智深、李逵这些人以实之；社会上先有王婆这样的人，然后《水浒传》写王婆以实之。同志们可以把原文拿来看一看，他讲的很简单的几句话，这个就是反映论，就是马克思、恩格斯、尤其列宁讲的反映论。你看一个作品，首先要分清，哪是作者的主观世界的东西，哪是作者接触到的、所反映的客观世界的东西，要把这两个区分开来。文学作品里头，小说里头，作者主观世界的东西不重要，而作品所反映的客观世界的东西是重要的，这就是艺术。所以文学作品，像小说，主要的是感性认识，描写的是感性认识，而不是他自己主观世界的一些东西。上一次我讲《聊斋志异》，蒲松龄采取过去的志怪的路子，收集民间传说，这个路子就好。以后学《聊斋》的，往往不去收集民间传说，向壁虚构，虚构一个故事，尽是作者主观世界的东西，发一点牢骚，表现自己的一点才气，或者什么东西，这东西就是主观世界的东西，而不是反映客观世界的东西。作品、小说，是要写感性认识。你没有感性认识，写出来的东西一定概念化，一定是你主观想当然的，那就不行。《红楼梦》为什么那么伟大？写的就是感性认识，他有一段生活，在感性认识的基础上再加工，虚构，进行艺术概括。没有这个基础，就写不出《红楼梦》来。那么，《红楼梦》有没有曹雪芹主观世界的东西呢？有的是。那些虚无主义思想、感伤主义思想，也还有儒家思想，那都是他主观世界的东西，还有迷信思想、宿命论思想。一个古代的封建主义的作家，他不可能没有这些东西，那些东西不是很重要的。所以，我常常说笑话，不是，真话，你叫曹雪芹写一篇论文的话，那一塌糊涂；打分数的话，十分都够不上。可是他写感性认识的东西，客观世界的东西，你打一百分都不够，要打个一百五十分，是不是？列宁论托尔斯泰时，说他是呆头呆脑的地主，是不可救药的基督徒。列宁这两条都是讲的他的主观世界。要是在中国，这一棍子就打死了。又是地主，又是基督徒，那你还能写出什么好东西，尽是反动的。可是列宁底下有一句，“伟大的艺术家”“俄罗斯的一面镜子”，他讲的是客观世界，描写的客观世界。所以，马克思唯物主义讲反映论，讲文学作品反映客观，而不是表现主观和理性世界。我这个理论并不是说感性认识里头没有思想指导。有进步思想，这个进步思想就是从现实生活里头、感性生活里头提炼出来的。因此，古代作家的世界观里头，尤其在这种时代转换时期的世界观里头，感性认识同理性认识形成尖锐的矛盾。曹雪芹《红楼梦》就是如此。许多著名的作品都是如此。他矛盾得要命，世界观这个理性世界同感性世界，他解释不好。他那一套理性理论对于他所感受的感性生活，他没法解释。因此，伟大的作品都是形象大于思维。为什么形象大于思维呢？因为反映客观的东西很多，拿你的那一套理性解释不了。因此，现实生活里的感性认识的丰富内容，把它反映出以后，叫人家就百读不厌。你重读，又有新的体会，又有新的理解，读《红楼梦》就是如此。我们有些作品，而且数量不少，那就是思维大于形象。尽是思维，没有形象，它可悲就在这个地方。什么话，它都说尽了，作者把读者当傻瓜。这个人一出来，前面加了很多形容词，这个人一出台，就知道是了不起的，革命家；那是最坏的一个地主。黄世仁一出来，人家就知道他是坏蛋，就是思维大于形象嘛！刚才我们讲的怀林这几句话，讲的是唯物主义反映论，是朴素的唯物主义观，讲世界观同创作方法的矛盾，实际上就是理性世界同感性世界的矛盾。这就是我讲的第二点。

### （3）刘知幾总结史传文学的主张：把人写活

上面我介绍了唐代刘知幾写的《史通》。他研究中国史传文学，《史记》《左传》，先秦的一些作品，还有后世的一些历史。比较起来，他对于后世的一些史家是不满意的。而对于古代的先秦的许多史家赞美的地方多。刘知幾《史通》也是不统一的，一会儿这个看法，一会儿那个看法，矛盾百出。不过，有一个总的倾向，他总结史传文学时，讲了几条。我这里要插进去讲，像《史记》，同《汉书》就不一样：《史记》以写人为主，写刘邦，写项羽，写萧何、张良、吕后，一个个都是活生生的人；《汉书》就不了，以写事为主，不是写人。因此历史、史书常常仅是写事，后来它反对写人。把一个人写得活生生的了，说话的口吻在，语气都在，那个性格、脾气、内心、精神世界都在，这样人家就要怀疑：你没有看到刘邦，你怎么知道他说话是这个口吻啊？司马迁就不管，“我写我认识到的，我认为刘邦是这个样子的人”，他把刘邦写活了。《史记》这部书，讲系统，应是史的系统，不是小说的系统。可是它对后世的小说影响很大。后世小说发展到现实主义，发展到成熟阶段，都在《史记》里头取经，学《史记》。因此，《史通》总结关于《史记》《左传》这些史传文学的经验，实际上指导后面，后面的许多作家，像施耐庵写《水浒》、吴敬梓写《儒林外史》、蒲松龄写《聊斋志异》、曹雪芹写《红楼梦》，都从《史记》《左传》里头接受经验。毛主席在《为人民服务》里，称司马迁是个文学家，他不讲是史学家，我觉得讲得对。因为他写的是人，写得像小说一样。你看看班固写的《汉书》，《汉高祖本记》它也有，《项羽本纪》它也有，它写的就是他们的事情，就是把事情一个个罗列出来，没有人的形象。这就是不同了。刘知幾的《史通》是研究史传文学的。史传文学在我们中国的学术体系上，属于史的范围。它不是小说，那时小说还很幼稚。可是后世小说受史传文学影响，接受它的经验。因此，《史通》里司马迁实际上是作为文学家提出来的，司马迁作为文学家，是个现实主义文学家。刘知幾总结这些历史著作写人物的经验，有一段就讲，一个作家，写一个东西，如“明镜照物，妍媸必露”，不因为她是个王嫱，是个西施，她脸上有缺点，就不把她照出来。“妍媸必露”，妍就是漂亮，美啊；媸就是难看，丑啊。丑的，美的，它都把你照出来。即使你是哪个高干的姑娘，它也不会把你照得好看一点，它不走后门，它不肯走后门的。“妍媸必露”底下还有一句，说“虚空传响”，就是虚空之中传这个响，传这个声音。“清浊必闻”，哪个好听的，哪个不好听的，都把你传过来。同志们可以读《史通》，它好多地方讲这个东西，这就是现实主义的一个要点。他主张反映客观，真实地反映客观事物，你不要尽去随便改动。当然，他并不反对你掌握了规律、熟悉了情况以后，再加工，他不反对的。也应该搞现实主义，并不是像镜子那个照法，他打个比喻就是了。可是，他讲褒贬是很清楚的。《春秋》一书，以褒贬为主。所以它也讲褒贬，并不是客观主义，可是如像“明镜照物”“虚空传响”一样，忠实地反映客观，这都是现实主义的要求。这是我们讲的第二点反映论。

### （4）“爱而知其恶，憎而知其善”——艺术概括是什么

第三条，也是刘知幾讲的，“爱而知其恶，憎而知其善”。这句话先秦就有了，《尚书》《礼记》上面都有过。奴隶社会，封建社会初期，最初的那个时期的统治者，看人已经有这些经验了。他把它引用过来，说我们写作品也应该“爱而知其恶，憎而知其善，善恶必书”，这个很要紧的，这话是很有道理的。首先，并不是说像客观主义没有善恶，没有爱

憎，不是这样的。首先爱他，爱他的前提之下知道他有缺点，并不因为爱他了，他就没有缺点了，坏事情缺点也变成好处了。“憎而知其善”，你不喜欢他，不爱他，憎恶他，可是也知道其善，他有优点的。而写作品应该两方面都写。这并不是没有是非，没有善恶了，在恨他的前提之下也写出他的优点，在爱他的前提之下也写他的缺点。这就是一种辩证法的观点，用唯物主义辩证法来看世界，实际上就是现实主义。现实主义创作方法就是拿唯物主义、辩证唯物主义的观点来看世界。因此，描写一个人，不能写他坏就是绝对的坏，写他好就是绝对的好。这是一个现实主义要点，世界各国都是如此。《水浒传》也好，《儒林外史》也好，《红楼梦》也好，凡是成功的作品，人物都是有优点有缺点的，就是我们现在讲的一分为二，矛盾的统一。一个活生生的人都是矛盾的统一体，有好的一面，有坏的一面，可是有个主导面，主要的是哪一方面？决定事物性质的，是那个主导东西，主导面之下、之外，他还有缺点或坏处，这是一个活生生的人。这样一个人，我们就感动。比方说，现实主义，最初写中世纪的英雄，写理想的英雄，传闻的多，把他夸张得太厉害了。可是《水浒传》尽管也把现实的人提高了，成为一种不平凡的人，非常的人，非常的英雄，但它的核心的内容是活生生的活人，因此叫我们看了很感动。鲁智深、李逵，就很让我感动，武松，我们看了也很感动。为什么呢？他有很多缺点，是通过克服缺点慢慢成长起来的。因此，他有发展过程，这是现实主义，很要紧的。客观事物都在发展，有两面，没有矛盾就不会发展。因为他写出人物的两面，所以人物就有发展。《水浒传》的人物都有发展，武松一开始，作者说他是个英雄，提到此人的名字，敢教星月无光彩，敢教长江水倒流。就说他是个了不起的人。底下尽写武松的缺点，慢慢地克服自己的缺点，一步步地发展，大闹飞云浦，血溅鸳鸯楼，克服自己的缺点，才走上梁山，成为一个英雄。鲁智深、李逵也如此。李逵，流氓气重得很，借了钱赌博，赌了以后他又不还，看到了一个卖唱的姑娘，就动手动脚，骂起来了，可是是个英雄，在克服缺点过程中，他成为英雄。另一方面，作为现实主义来看，《三国演义》就差，人物没有缺点，因此也没有发展，你说关羽、刘备、诸葛亮有什么发展？诸葛亮二十七岁出山，一出山就样样都是，没有打过败仗，无处不胜利，政治斗争、军事斗争，样样都好。不可思议。我并不否定《三国演义》。《三国演义》作为现实主义，人物描写是差的，不如《水浒传》《红楼梦》。《红楼梦》赞美贾宝玉、林黛玉这些人，你说贾宝玉没有缺点？我们五四年批判俞平伯先生的《红楼梦研究》，那时候多数说贾宝玉是个坏分子，是流氓，乱搞男女关系，把他骂了一顿。这些话你说完全不对吗？贾宝玉是有这些方面的嘛。最初怎么没有呢？他慢慢地克服这些东西，平等待人，尤其对做丫环的这些人，特别尊重。他最初也打骂丫环，他一脚就把袭人踢得吐出血了嘛，鲜血溅到了茶杯上，茶盘都砸碎了，少爷脾气大得很，他不可能没有这些少爷脾气。可是以后通过实践斗争克服了，有个发展过程。这是很重要的一点。

在这里我顺便讲一讲艺术概括是什么东西。作品要写发展，写人物的发展。这个发展的观点，矛盾运动的观点，矛盾通过斗争达到统一这个过程，这是马克思主义的要点，辩证唯物主义的要点，也是毛泽东思想的一个要点。这要点精髓之所在，就是万事万物都有矛盾，有两面，矛盾的统一体。矛盾统一在一块儿，它斗争了，矛盾可以转化，就是本来居于次要面的，它可以慢慢地转化成为主导面，于是事物的性质就变了。作品写人物、写事情，都应该掌握这个发展规律。我们现在看的小说，一般都是现实主义小说，也有浪漫主义，浪漫主义也必须建立在现实主义基础上。离开了现实生活，离开了现实主义，讲浪漫主义，就是胡说八道，没有价值。因此，辩证法讲矛盾要好好地学。辩证唯物论，首先讲黑格尔的辩证法，就是“正——反——合”。正，一上来是正的，发展成反，转化，然后合，就统一了。矛盾转化通过这三个阶段，世界上万事万物都必然有这个发展的规律。这个并不是黑格尔头一个创造的，我们中国老早就有辩证法，佛学里头就有辩证法，《老子》《庄子》都有辩证法，我们的老百姓就有辩证法。同志们都知道，好事变坏事，坏事变好事，马克思、恩格斯，一直到列宁、斯大林都讲过这个话。你写小说，也要写出这个发展阶段来。《红楼梦》就是这么写的，写贾宝玉思想发展阶段，一个一个，清清楚楚。写贾宝玉同林黛玉的爱情关系，最初是青梅竹马，两个小孩儿老在一起嘛，然后初恋，然后热恋，然后互相信任，达于成熟阶段。从那以后，林黛玉再也没有发过脾气，也不再怀疑贾宝玉，对于薛宝钗也没有矛盾了。通过几个阶段写，写得清清楚楚。电影《红楼梦》就差劲。它把矛盾搞得乱七八糟。坏在哪里呢？比方说，贾宝玉同林黛玉矛盾已经解决了，诉肺腑心迷活宝玉，已经诉了肺腑了，她又来葬花。原来是怎样的呢？原来她去敲贾宝玉的门，贾宝玉误会了，晴雯发脾气不肯开门，而且在里头跟贾宝玉两个嘻嘻哈哈笑啊谈的是薛宝钗，她这下子悲伤起来了，所以葬花。葬花就是怜花，怜花就是自怜。那个社会里的一个姑娘，林黛玉非常之清楚：我就像这个花一样，落下来落在泥沟里，掉在粪坑里。因为左右啊、现实环境里尽是贾珍、贾琏、薛蟠，尽是这样的人，所以她要葬花。在同贾宝玉之间的矛盾没有解决，而且很尖锐的时候，她去葬花了。到了三十二回，诉肺腑了，矛盾早就没有了，她怎么又来葬花了？当然越剧《红楼梦》主要的问题不在这里，主要的问题是把它抽出来了，成了个才子佳人戏。才子佳人，一见倾心，后面加上了感伤主义情绪的宣扬，叫人家哭啊。实际上没有多少社会内容了，比原来的作品差得远。

### （5）生活真实与艺术真实

第四点，我就讲讲生活真实，艺术真实。关于艺术概括，除了人物之外，里头很要紧的就是人物所做的事情，就是情节、场面。这个刘知幾的《史通》里头也讲了，有两句话很重要的："略小而存大，举重以明轻。"就是说，提炼情节要把分量小的、意义小的略掉，一个人做了很多事情，很多是琐碎的，意义不大的，省略掉，不要写；要存那个大的，写有重大意义的。这就是艺术提炼。艺术真实就是生活真实的提炼，生活真实的概括。人做的事情，把那个最有代表性的、有重大意义的挑出来，琐碎的、没有意义的不写。把分量重的写出来，那个轻的自然也就表达出来了。这都是很要紧的理论。当然，这首先要观察，有感性生活。根本没有生活，想当然，这样的作品是不利的。生活里千变万化，有血有肉的东西，都是想不出来的。必须要通过现实生活本身最丰富、最有意义的材料来写人物。鲁迅写小说《离婚》，许多人物都没写样子。主要人物爱姑是什么样子，谁也都不晓得。他不写，一句也不写，不像我们一些小说，老是写一个年轻姑娘有两条辫子。没有大的意义，没有重的分量你写它干什么？当然，由于情节发展的需要，在街上人家拽了一下她的辫子，这就产生出情节来了，这你就可以写辫子。鲁迅写爱姑，写了她一双中大脚，此外什么也没有嘛，样子也没有写，衣服也没有写。写爱姑的爸爸庄木三，也没有写他什么样子，也没有写他高个矮个，或者穿的衣服，就写了个长烟袋。这两条就是略小而存大，举重以明轻。中大脚是个什么脚啊？不是小脚也不是大脚。那时，完全小脚的时代在南边已经过去了。爱姑是南边人，绍兴一代人，她不缠那个小脚，可也不是大脚，缠了缠，包了包。妇女的解放运动，有这么一个时期就叫做小大脚时代，那时的妇女杂志都有这种文章题目，叫小大脚时代，她开始要放，又没有放透。就这么一个，这是标志爱姑的思想。男的要离婚，爱姑不离，她要闹，闹就不是小脚了，她肯闹了。过去多少妇女就离了婚被休了以后就不闹嘛！可是也没有彻底解决，闹也闹不成，叫其他人一吓，她就偏了，承认错误了。所以是个小大脚时代的，鲁迅写那个中大脚就标志着她那个思想。庄木三那个大烟袋，就说明他的社会地位。假使爱姑的脚表示她的时代的话，她爸爸的烟袋就表示他的社会身份。很多人说庄木三是不是农民啊，这个问题用不着讨论。鲁迅讲了，他拿了个长烟袋，这就不是个农民，农民是个小毛竹烟袋。自己拿打火石打个纸捻以后自己抽嘛。他这个烟袋这么长，是别人替他点的。别人给他点，他的社会地位就很高嘛。因此，他一上船，全船的人都是农民，都起来给他打拱，有的还“木公公”“木叔叔”尊敬得要命。这也说明他的社会地位，起码是个富农，连地主都要过问他的事情。这就是略小而存大，举重以明轻。鲁迅的经验我们也应该继承。我们的短篇小说越写越长，我们所讲的短篇小说是三千字，莫泊桑的短篇小说三千字，契诃夫的小说两千字，还有一千字的，现在我们一写起码一万字，两万字还是个短篇小说，叫我说，许多人物可以取消。矛盾的发展没掌握，没有认识清楚，矛盾已解决又跑回来。春天过完了又是冬天，没完，就是这么闹。前人的经验没有很好地吸取和丰富。

艺术真实是从生活真实来的。生活真实加以提炼，就是艺术真实。李贽评《西厢记》《琵琶记》，他就讲，化工和画工。他说《西厢记》和《牡丹亭》是化工之笔。化是造化，自然状态，本来的那个真实。他说《琵琶记》是画工。画工之笔也有好的，是人家画出来的，是人工的，不失自然的。他要作品写出生活的本来样子，加以提炼、概括之后，要回到生活的本来样子，把它表达出来，这就是所谓化工之笔。《西厢记》《牡丹亭》他认为都是写的人的本能的要求，人本来就要求爱情，《西厢记》《牡丹亭》写男女爱情，宣扬这个东西，所以认为是化工之笔，自然状态。《琵琶记》讲忠孝，全忠全孝，很多说教，他认为写得也很真实，也很感动人，但是画工之笔，是人工造的。这是李卓吾的见解。他赞美化工之笔，赞美真实的，就是艺术真实。我们再引两句，就是有一个人评《聊斋志异》讲了两句话，引苏东坡的几句诗，他讲是苏东坡题了一个画，画的是鸿雁，他说："鸿雁见入时，未起意先改。君从何处看，得此无人态？"苏东坡这个绝句，极赞其画得真实。我们的电影，包括纪录片，常常就不是"无人态"，装模作样，是准备给人家看的，这个艺术就差了。照相馆有的照艺术人像的师傅很有本领，他就能把你安排得拿出"无人态"来，很自然。艺术是要加工的，要人工做出来，而能达到"无人态"。我们中国讲究形、神，形似、神似，提倡要神似。我们写小说，光形似不行，还要神似。鲁迅讲，你画一个人的头发，画多少，画得怎么细致也没有多少意义，不能表达人的内心世界，写内心世界要画眼睛，眼睛可以传神。我们又要形似，又要神似，神形兼备。我们中国有些时候，作诗也好画画也好，常常可以丢开形似，得意忘形。得其意，意都是精神；忘其形，把形忘掉。可以传神的地方不在形。所以李卓吾讲，追风逐电之足，绝不在牝牡骊黄之间。千里马可以是公的，也可以是母的，可以是黑的，也可以是黄的。不在形方面，要看出它那个神来。古代关于这个有无数的例子。唐代有个画家专门画马的，叫韩幹，杜甫的诗里就有很多引韩幹的马。韩幹画马画在绢上，以后那绢发霉了，破掉了，马腿没有了，可是上面马头还在，马背脊还在，还可以看出是个跑的马。因为马头、马背脊还是个奔跑的千里马的神态，所以他那个千里马的神态是表达出来了，虽然形已丢掉了。这一条很重要的。我们中国写小说也是这样，要写出人的精神状态，写出人的内心精神来，写出性格来，苏东坡讲，“论画以形似，见与儿童邻”，见解就像小孩子一样，就不高。比如《红楼梦》中写林黛玉葬花，随口就念出葬花词来了，你说生活中有这种事情吗？她在家没有打底稿啊？形似上就差劲了。而且这首诗写出来并不是林黛玉嘴头上谈出来的，她在那里葬花，边念边哭，贾宝玉隔了好几个石山，隔了一段路听她哭哭啼啼地念，声音很低，她念出来他就把它写下来了，这就更不可解了。但作者并不追求这个，他要写神似，写林黛玉的精神世界，写她怜花，写这个状态之下贾宝玉不理她，她格外感到身世孤微，就怜花，所以黛玉葬花抓住她那个精神，内心那个要点，把它构成一个画面。所以《红楼梦》的插图比外国那些小说好画，一个个都能构成画面。他要写神似，把形似舍掉了。你看有许多地方对里头的数目字，一些形的方面他都不讲。现在有些人考证，戴不凡也是这么讲，说贾宝玉生日不对头，一会儿这么大岁数，一会儿那么大岁数，都在那里考证。周汝昌同志做曹雪芹的年谱，把曹雪芹同贾宝玉等同起来，这不对头的。有一位同志写了老厚的一本书，叫《水浒研究》，上海出的。把《水浒》研究了一阵以后，考证出地理全不对。郓城县跑到江州，就是现在的九江。他怎么绕过梁山，梁山在哪里？一考证，没有一个地方是对的，《水浒》全没道理。我并不是提倡得意忘形，我主张还是要形，只是在形之上还要写出神来。你只写了形，写得很真实，那个艺术并不高，要写神。二者不能兼得的话，我们中国传统是要得意忘形。《红楼梦》就是这么写的。王维不是画雪中芭蕉吗？下雪天是没有芭蕉的，实际生活里没有雪中芭蕉。他要写雪中芭蕉，写那芭蕉的生命力之强，他要把它的神写出来。我们写百花齐放，把菊花、梅花、荷花都放在一起，也根本不形似，有梅花的时候哪里有荷花呢？把它们放在一块行吗？一写百花齐放，写这个精神，得意忘形，大家很喜欢。

### （6）“显晦”、语言提炼

我们讲第五点。刘知幾很讲究“显晦”。在表达方面，要具体地描写，他反对显，显就是直接说出来。晦就是不直接说出来，拿具体事实来表现，刘知幾举了很多例子。我们的诗歌讲言外之意，神寓象表。司空图的《诗品》讲诗要超于象外。说出来的话，言外还有意思，这样内容就丰富，反映现实就更深一些，不是你讲出来的这么浅薄。《三国演义》毛宗岗的批，讲变化，他引杜甫的诗，“天上浮云如白衣，斯须变幻若苍狗”。人生在世，无论什么事物都在变化，所以主张变化，反对公式化，我们自古以来就有这个传统。《三国演义》写多少文臣武将，没有一个相同的。写那些军阀坏人也写了无数，也没有一个相同的。《水浒》像鲁智深、李逵、武松，一个人一个样子。《红楼梦》写丫环，也各不相同。

中国自古以来很讲究文学表达，语言提炼。刘知幾举了一个例子，写一个老太太，“年老口中无齿”。他批评得很厉害。老就是年老，要“年”字干什么？“无齿”就够了，还要“口中”干什么？难道耳朵里还有个“齿”？写了六个字，三个废字。一半废字算什么史学家？这个我们太不讲究了。你不管做什么老师，中学老师，语文表达是首要一关。因为你这么写，人家要花时间看的。什么叫生命？生命就是时间啊！鲁迅先生讲，你消磨人家时间就是不声不响地、不流血地杀人。这个语文关，一定要过好。现在有一种坏现象，搞文学的不管汉语，搞汉语的不管文学。他不知道汉语要管文学语言，你不懂文学，汉语也讲不好。搞文学的不管语言，你的文学拿什么来表达呢？

我讲的这些东西都是一些很粗浅的意见。可能有许多错误，占了你们许多宝贵时间。我很感谢。

（刊《文艺理论研究》2002年第1期）

# 我国古代小说的发展及其规律

中国的小说，也和世界各国一样，是从神话传说开始的。有人说我国小说有很多起源，如寓言、史传、诸子散文等等。其实源只有一个，那就是神话传说。神话是把神人化，传说是把人神化，这两者之间的界限很难确切划分。

到魏晋南北朝，出现了志怪、志人小说。这是鲁迅在《中国小说史略》中起的名字，我觉得概括得很恰切。神话传说也好，志怪、志人也好，都是作为一种史实记载下来的，是靠实地访问，从民间搜索而记录下来的，因此叫做“志”。“志”是记录的意思，而不是创作。所以最初的小说，同历史归于一类。比如《穆天子传》是个神话传说，可史书上却把它归于帝王“起居注”一类；《山海经》也是神话传说，《汉书》中却把它归于“地理志”中。

直到梁代萧统编《文选》，才第一个要把文学和历史区分开来。他在序中提出他的文学定义，即“事出于沉思，义归于翰藻”。但这时他所指的文学只包括诗、文、赋，并不包括小说。我国的小说脱离历史领域而成为文学创作，还是进入唐代之后的事。唐代的文化出现了很多新的东西，文人的思想也有所发展、开阔。这时传奇小说应运而生，如白居易写《长恨歌》，陈鸿写《长恨歌传》，白行简写《李娃传》等等，都是依照传说创作而成，不再是历史性质的东西了。唐代小说的发展主要表现在想象虚构与讲求文采，这就同过去的作品有所区分。参照萧统的文学定义看，虚构、想象正是“事出于沉思”；“义归于翰藻”则正是讲求文采。从此，小说便发展成为文学创作了，但作为史的志怪、志人传统也并没有停止。

传奇小说发展到宋代就衰落了。宋代的小说大致是根据史事记载完成的，没有什么虚构和富有文采的创作加工，同唐代小说大不相同。后来人们写了各个朝代的历史小说，大多走了宋代传奇的路子，即按照史书的记载编写的，作为文学作品是失败的。

这时随之兴起的是话本。话本经过文人加工，就变成许多话本小说和演义小说。如《三国演义》《水浒传》《西游记》等等，大都是文人采用民间创作而进行再创作的。话本是民间“说话”艺术的底本，它是经过说书艺术的千锤百炼才产生、才流传的。它以描绘精彩动人的情节场面和塑造生动活泼的人物性格见长，这就与专供人阅读的小说有了明显的不同风格，因为它们是植根于讲给人听的说书艺术的。

由这里再发展，便成为文人的独立的创作。这时不再拿民间的东西来加工了，而主要是自己创作。这一类代表作是《金瓶梅》，它在小说发展史上开辟了一条新路。无论《三国演义》《水浒传》还是《西游记》，写的都是非凡的人物、不寻常的英雄；而《金瓶梅》开辟了一条写平凡人和生活的道路，通过写平凡人的日常生活，显示了现实主义文学的长足发展。《红楼梦》的道路，是《金瓶梅》所开创出来的。到了《红楼梦》，中国古代的现实主义小说，就走到了一个辉煌的顶点。

中国小说发展的脉络及特点，大致就是如此。

在这里还可以发现我国小说发展的几条规律。

其一是：中国的小说是来自民间的，是人民群众思想、愿望以及生活实际的反映。中国小说的每次发展、进步都是由优秀的文人作家向民间学习，参与、加工民间创作而取得的。

在封建制度的上升时期，《诗经》、乐府、神话传说都是政府为了了解民情，从民间搜集来的；“小说”本是“稗官”从民间搜集来，供施政参考的。志人志怪小说也是文人学习、参与民间创作的成果。唐代文人自感文意枯索，转向民间学习，从而开拓了小说创作的新境界，丰富了我国的传统文化。“说话”艺术出现后，民间的话本如《三国志平话》等，都是既粗糙又不准确的，不能代表说话艺术的成就，也不能作为流传的读物；而其中的错误、疏漏、粗糙之处，后来在文人再创作的《三国演义》中都得到了改正与润色、丰富，从而取得了更高的艺术成就。这是具有规律性的情形。

文人与民间创作结合的创作方式，使得中国古典小说呈现了重视情节的特点。重视写情节并不意味着忽视写人物，而是要通过情节表现人物，以外在的情节动作来表现人物的内心活动和精神状态。所谓传奇，就包含了要以情节动人的意蕴。小说发展到文人独立创作之后，重视情节的特点仍然保留了下来。虽然这时的小说已不再用让人惊奇的情节来吸引人了，目的是描绘人物；但中国小说总是不来静止地叙述人物的内心活动，而往往偏重通过人物的外部言和行的表现使读者体会到人物的内心活动。这是中国古典小说不同于外国小说的一点。

还有一条规律，就是史传文学对中国古典小说的影响。唐代的刘知幾的《史通》总结了史传文学的经验，其中说：“爱而知其丑，憎而知其善，善恶必书，是为实录。”就是说，爱它而要晓得它有缺点，恨它而要晓得它有长处。世上万事万物都是对立矛盾的统一体，不可能有纯粹的东西。一方面有善恶、是非之分；一方面好人身上有缺点，坏人身上有长处。这完全符合辩证法。古典小说对史传文学传统的继承，首先表现在对人的看法和描写上。

民间文学写人往往是好坏分明，坏人无好处，好人便没有坏处。史传文学作品如《左传》《史记》等则采取“实录”的态度写人物，写得真实丰满、有血有肉。我国古典小说中真正地吸收史传文学写人艺术经验的第一部作品，是文人参与创作的《水浒传》。据说明代士大夫案上总摆两部书，一部《庄子》，一部《水浒》，认为《水浒传》笔法好，首先表现在它如“明镜照物，妍媸必露”的高明的写人艺术上。这就使中国小说的人物描写大大推进一步。从《水浒传》开始，而后才有《儒林外史》《红楼梦》。史传文学不是源，而是流。

再有一个规律性的东西，就是中国为群众长期热爱的小说创作多是立足于现实，不脱离现实，否则就没有生命力。任何神话都是产生于现实，是为了牵涉到现实问题，根据一个现实问题的触发而幻想出来的。幻想一旦脱离了现实，神话也就不易广泛流传。小说创作也是如此。

举《西游记》为例，书中写的虽多是神怪奇幻的境界，但唐僧“八十一难”中遇到的所有魔怪、各种磨难都是现实生活中有的。明代没有宰相，大臣地位很低，主要的政治权力落在太监手里。太监大多没有文化，只要权力与财物；而他们作为皇帝的代表，驻守全国各地、收税纳捐，权力极大。福建有一个太监高寀，权倾一时，据他身边的卫生顾问说，吃一千个小孩脑子，就可以使他的生理恢复正常，吓得民间小孩心惊胆战。吴承恩在《西游记》中写要吃小儿心肝的“小子城”，便不是没有现实根据的。再如明代另一危害最大的政治势力锦衣卫，也遍布全国，朝野恐怖。《西游记》中所写的魔怪总是从神佛那里来；而民间的妖怪又总是在被孙悟空打得快死的时候被神佛收去使用，都不是没有现实根据的。一部《西游记》，孙悟空先是大闹天宫，而后陪唐僧取经，降魔伏怪，实际仍是继续同统治势力作斗争。孙悟空的胜利总是大快人心，正是辛辣地挖苦与讽刺了神佛即现实统治势力。吴承恩在他的志怪小说《禹鼎志》序中说：“虽然吾书名为志怪，盖不专明鬼，时纪人间变异，亦微有鉴戒寓焉。”正是因为《西游记》这样立足于现实，才引起当时的轰动并得到广泛流传。再如《三国演义》《水浒传》表现了民族感情，正是立足于现实的民族矛盾的表现。书中以汉、宋为正统，这不是历史观，而是现实的反映，不能以历史的标准来要求。正是作者立足于现实的创作精神，才使作品有了旺盛的生命力。

另外中国小说受封建统治文化的压迫摧残，发展极为艰难。明清人士更以写小说为耻辱，以致许多伟大的作家生活、创作条件都全无保障，许多伟大的作品不知道作者是谁。从这里可以感受到封建文化对小说创作的残酷扼杀，也更可以感觉到那些古典现实主义大作家和他们的不朽作品的崇高可贵。

（刊《文史知识》1992年第1期）

林黛玉

# 吴组缃先生的《红楼梦》研究

石昌渝

吴组缃先生的文学成就是多方面的，《红楼梦》研究只是他的文学事业的一个部分，然而就是这一部分，吴先生也做出了杰出的历史性的贡献。20世纪80年代初，我曾协助吴先生为《中国大百科全书》撰写《红楼梦》词条，有半个月的时间，每天上午到北大朗润园吴先生寓所聆听他对《红楼梦》的诠释和评论。他发表的关于《红楼梦》的最重要的两篇论文，一是《论贾宝玉典型形象》，二是《谈〈红楼梦〉里几个陪衬人物的安排》，在那时我都仔细拜读过，所受启发和教益良多。但是，由于我的水平有限，未见得准确地领会了吴先生的思想。今天纪念吴组缃先生诞辰100周年，我想把我对吴先生《红楼梦》研究的认识告诉大家，以纪念这位已经逝去的学术大师。

《论贾宝玉典型形象》约三万六千字，写成于1956年6月。从篇幅来讲，它不及何其芳先生同年发表的《论〈红楼梦〉》。但我认为，吴先生的《论贾宝玉典型形象》和何先生的《论〈红楼梦〉》是1954年10月批判俞平伯《〈红楼梦〉研究》之后、直至1978年改革开放之前这一段历史时期中最重要的两篇论文。

我们知道，1954年批判俞平伯《〈红楼梦〉研究》之后，文学研究中存在着严重的庸俗社会学倾向。所谓典型问题是一个政治问题；一个阶级一个典型；在阶级社会里，一切作品都是阶级斗争的反映，等等。这种理论以及在这种理论指导下写出的论著，触目皆是。吴先生与何先生都是拒绝这类庸俗社会学的。吴先生说："有些《红楼梦》研究者往往抛开人物形象，从书中摘取一些枝节的事项和细节，来论断作品反映了怎样的思想，提出了怎样的问题。还有不少这样的例子，比如列举大观园里一顿酒饭花了多少银子，乌庄头送来多少什么地租，诸如此类，以证明贾家生活的奢侈，如何剥削农民，和说明了什么性质的历史或经济问题，等等。"①

① 《论贾宝玉典型形象》，《北京大学学报》1956年第4期。以下引文凡不注者，皆引自此文。

吴先生所以要论析贾宝玉，是基于他对小说艺术规律的认识。他认为《红楼梦》写了一个大家族的衰败，这个衰败的中心事件是贾宝玉和林黛玉的恋爱悲剧，以及贾宝玉和薛宝钗的婚姻悲剧，这悲剧中的三个人物又以贾宝玉居于主要地位，全书各类人物事件都是围绕着贾宝玉作为完整的典型社会生活环境而展开的。因此，要阐论《红楼梦》的思想，从贾宝玉形象着手是符合艺术规律，也是符合《红楼梦》艺术实际的重要路径。

在论析贾宝玉性格时，吴先生首先分析生活环境对他性格形成所产生的决定性作用。这个生活环境是复杂而具体的。整体来看，贾氏是一个衰败中的封建家族，一是经济上入不敷出，“外面的架子虽没很倒，内囊却也尽上来了”；二是“儿孙竟一代不如一代”。这种腐朽状态的一个特征现象便是“牝鸡司晨”——家中一切大权皆掌握在老祖宗贾母手中，而实际上是被会迎合贾母的王熙凤所掌控。由是，贾宝玉才能在贾母的保护伞下，逃避严厉的封建教育，可以成天混迹在女孩子的世界里。与女孩子的亲密接触，使贾宝玉充分感受到她们的真挚纯洁和自由不羁，从而与贾家男性世界的污浊、虚伪、丑陋和罪恶形成鲜明的映照和尖锐的对比，使他能够保持“赤子之心”，并且一步步和封建统治势力远离。这其中，又以林黛玉的品格和遭遇对他性格的形成和发展产生了决定性的影响。

吴先生分析贾宝玉的性格，有一个主要的观点，即认为贾宝玉性格有一个发展过程。贾宝玉生活在罪恶腐败的家庭里，他不可能出污泥而不染，他身上沾染着一般贵族公子的习气，比如他同袭人的关系，他偶尔发作的暴戾脾气，他以为天下女孩子的眼泪都要流给他，见了宝姐姐就忘了林妹妹，等等。是家庭中一个接一个的女孩子的悲剧，是林黛玉以血泪与生命酿造的爱情，才使他逐步摆脱这些习气，头脑才趋于清醒，性格才趋于纯化，与林黛玉的爱情才趋于稳固和坚定。吴先生读《红楼梦》极为精细，任何一点小地方都不放过，他的分析，都是依据小说文本，绝不凭空议论。

关于贾宝玉性格的主要特征，吴先生认为是他对于世俗男性的憎恶和轻蔑，以及与此相应的对于女孩子的特殊的亲爱和尊重，而与此相关联，是他对于自己出身的家庭或阶级阶层的憎恶，以及与此相应的对于有些比较寒素和微贱人物的爱慕和亲近。贾宝玉的性格，在家庭中被人嗤为“呆子”，被他父亲斥为离经叛道，发展下去会弑父弑君，除林黛玉一人以外，没有人理解他。这种与封建环境格格不入的性格，也正是他与林黛玉生死不变的爱情的基础。吴先生对于贾宝玉性格的描述，是实事求是的，是从全书的情节和人物的关系中提取出来的，经过半个世纪，今天来看，还是准确和精辟的。

对于贾宝玉性格所包含的思想内核的评论，吴先生认为他“实即反映了人性解放、个性自由和人权平等的要求，实质上也就是人道观念和人权思想，就是初步的民主主义精神”。

在20世纪50年代，学术界对《红楼梦》贾宝玉形象的思想性质的判断是有意见分歧的。当时有“市民说”“农民说”和“封建社会内优良传统说”等等，这个问题涉及中国历史、经济史、思想史和文学史，是一个极其复杂而有待进一步研究和讨论的问题。吴先生主张《红楼梦》反映的是“初步的民主主义精神”，乍看起来与“市民说”比较接近，但其实有很大的不同。吴先生也说贾宝玉是“新人的典型”，“我国封建社会内要是没有资本主义萌芽的孕育，要是当时生产关系在原有的社会基础上没有发生一些显著的变化，那就不可能出现贾宝玉这样的典型形象”。但吴先生又特别在“民主主义精神”前加上“初步”二字予以限制。因为一方面，贾宝玉追求个性自由和人权平等的倾向与封建主义尖锐地对立着，另一方面，他的力量又是如此微弱，处境又如此黯淡，根本无力与之抗衡，而且他天生还带有感伤主义和虚无主义的弱点和病症。贾宝玉反对封建主义，但又必须依附封建主义，这种“民主主义思想并未突破封建主义体系而独立”。主张“市民说”的学者认为，贾宝玉的思想反映了工商业者反对封建压迫的要求，《红楼梦》是代表了中国未成熟的资本主义关系的市民文学的作品，吴先生的观点显然与这种说法不同，他只承认贾宝玉性格中有民主主义思想，却没有将之与一个阶级或一个阶层挂钩。

资本主义萌芽的问题，史学界虽然曾经讨论过，但并不是一个已经解决了的问题，还有待于进一步研究。对于“资本主义萌芽”，学术界也存在着不同的诠释，吴先生指的是封建生产关系在原有的社会基础上发生的一些显著的变化，我认为是相当谨慎的。

“农民说”认为，《红楼梦》揭露了地主阶级的罪恶，这就意味着他是从被剥削阶级的角度来观察他们，否定他们，这就是农民群众的革命情绪，它构成了曹雪芹深广的社会批判的主要动力。这种说法的根据，是“封建社会的主要矛盾是农民阶级与地主阶级的矛盾”，农民的阶级斗争是历史发展的动力这些论断。这种简单套用公式的方法，其幼稚性显而易见，吴先生在文章中并未提及。

至于“封建社会内优良传统说”，吴先生则持不同意见。他认为这种意见“否认贾宝玉性格反映了当时历史与社会的新的内容”。他肯定封建社会内优良传统中的民主性文化思想对贾宝玉有一定影响，贾宝玉虽不喜读“四书”“五经”，但对《庄子》《西厢记》《牡丹亭》之类的书却兴趣极大。贾雨村评论贾宝玉时提到一大串古人的名字，许由、陶潜、阮籍、嵇康、卓文君等等，称他们禀赋灵秀之气，往往成为情痴情种，逸士高人，意指贾宝玉正是这一类不为庸俗所制的特立独行之人。这是贾雨村的认识。吴先生肯定贾宝玉受到这种优秀传统因素的影响，但指出对他性格形成发展起到决定作用的是社会现实的条件与因素。中国封建社会长期停滞不前是事实，但这并不意味着社会内部没有什么变动。吴先生认为，封建社会发展到康乾时代，“各种工矿实业、国内外商业和银钱业，随着经济的恢复，开始有了显著的成长”，这就是“新的经济因素”。只不过“这些新的经济因素，都是掌握在封建主义统治者之手；资金所有者和官僚、地主紧密地结合着，成为‘三位一体’的社会统治势力”。封建社会的这种“新的经济因素”仍然居于封建法统之中，并未成为封建统治的异质形态，叫不叫作“资本主义萌芽”，且不论，但吴先生所表述的这种社会变化状况，的确是历史事实。无论是中国的封建制度，还是文化思想，都不能说是一成不变的。吴先生用历史发展中出现的新变化，来解读贾宝玉性格中的新因素，我以为是有说服力的。

吴先生不同意“封建社会内优良传统说”，是因为这种说法忽视了贾宝玉性格的民主主义的新因素，忽视了这种因素所由产生的新的社会经济因素；吴先生也不同意“市民说”，因为这种说法夸大了贾宝玉性格中的叛逆性，夸大了商人市民所代表的经济因素与封建主义的对立性。他认为《红楼梦》“所提倡鼓吹的，含有明显的民主主义的新的因素，有强烈的反对封建主义文化与政治的要求，可是同时也没有能够脱离封建主义思想体系”。他还用一个民间故事来说明这个道理：“一个樵夫，坐在树枝丫上面，用斧子砍他所坐的那枝丫；他所要砍掉的，正是他赖以托身的。”

吴组缃先生是一位学者，也是一位杰出的作家。小说创作的实践，无疑为吴先生深刻细致地理解曹雪芹的创作活动提供了经验基础。听吴先生谈《红楼梦》，读吴先生论《红楼梦》的文章，总会有一种感觉，好像曹雪芹是他的朋友，《红楼梦》如何构思，人物如何安排，爱憎褒贬如何，都讲得十分精到而透彻，绝不牵强附会。简而言之，说的都是文学行家话。

吴先生十分强调文学创作和文学作品的特点，认为“凡是阉割了艺术的生命，抹煞了文学作品的特点，那方法都是错误的”。《红楼梦》是一部小说，它的伟大与不朽之处，“是在它以无比丰富的活生生的艺术形象，真实具体地反映了社会和历史的内容”。“因此，我们研究《红楼梦》这样一部伟大的古典现实主义作品的内容，正应该从人物形象的研究着手。研究众多人物主次从属的关系，研究众多人物在矛盾斗争中的地位和彼此间的关系，研究人物性格的形成和发展，研究作者在处理上所表现的态度或爱憎感情等等”。吴先生认为，《红楼梦》研究在方法上必须遵从小说是用艺术形象表现社会生活的规律。他之所以批评文学研究中的庸俗社会学倾向，是因为他们的研究完全抛开艺术形象，摘取书中一些枝节和片断来附会社会学的论断。吴先生对我的谈话中，也是多次批评某些“探佚”和“索隐”的研究，这类研究同样置艺术形象于不顾，只是挑拣一些只言片语，曲为之解，由此标榜自己悟得《红楼梦》真谛，吴先生指这类研究是走火入魔。吴组缃先生是一位杰出的文学教育家，他培养和指导的学生，都继承和发展了他的学术思想和方法，不只在《红楼梦》研究，而且在文学研究的其他领域中都取得了令世人瞩目的成就。

吴组缃先生强调《红楼梦》研究要从人物形象着手，他说的“人物形象”，除了指具体某个人物形象的性格之外，还包括众多人物的主次地位和在矛盾冲突中的关系。他认为对于人物形象的研究，必须全局在胸，在全书中哪些是主要的中心的人物，哪些是次要的从属的人物，他们彼此的关系如何，对于这些必须有一个符合作品描写实际的总体认识和把握。他认为贾宝玉、林黛玉和薛宝钗是全书的三个中心人物，而贾宝玉又是这三个中心人物里面的主要人物。书中其他身份地位、性格年龄不同的二百多个人物都是环绕着三个中心人物而轻重不同、层次不同地存在着。他认为必须在这个全局的观照下来谈某一个具体人物。比如刘姥姥这个人物，当年有研究者热衷于讨论她是不是劳动人民。吴先生认为这种讨论没有必要，他说："这样的讨论所以没有必要，我以为首先是因为忽略了《红楼梦》是个有机的整体；原作者安排人物，都从整体着眼，摆在某一地位，赋予它必要的作用和意义。我们的评论，也应该从作品的整体、从全部关联上看它所摆的地位、所显示的意义和所起的作用，那才有意思。反之，说句笑话，比如我们若把人的鼻子从脸上揪下来，单独拿在手里，讨论这是不是个好鼻子，应不应该在上面戴副近视眼镜等等，这样的讨论自然没有什么道理。"①

基于这种观念，吴先生在1959年6月撰写了《谈〈红楼梦〉里几个陪衬人物的安排》一文。文中谈到贾雨村、甄士隐、冷子兴和刘姥姥，这几个都是贾家之外的陪衬人物，作者在他们身上着墨不多，但都是有个性的活生生的艺术形象，吴先生认

① 《谈〈红楼梦〉里几个陪衬人物的安排》，《人民文学》1959年8月号。

为重要的是弄清楚他们在整个《红楼梦》悲剧中所处的地位、所显示的意义和所起的作用。“甄士隐父女，葫芦僧和贾雨村的关系，贾雨村和贾、林、薛各豪门的关系，那本身又自成一个广阔的社会关系：这对当时的社会和政治吏治作了高度的集中概括，揭露与批判的惊人地深刻，和书里的核心内容都是息息相通、处处相关的。”[①]而贾雨村、冷子兴与他的岳母周瑞家的，他们与贾家的关系又从另一种角度揭示了当时社会和政治吏治的内幕，从而构成贾家以外的社会政治环境，这个环境对于贾宝玉、林黛玉、薛宝钗的爱情和婚姻悲剧的酿成起到了直接间接、有形无形的作用。刘姥姥，按曹雪芹的安排一共有三次进荣国府，前两次出自曹雪芹手笔，第三次在后四十回里。吴先生认为刘姥姥这位已经穷困下来的乡下老太婆三进荣国府，一是从普通乡下人的视角来描绘贾家的富贵，给人以真切生动的印象；二是要从刘姥姥的角度，来揭示荣国府当权者贾母和王熙凤的思想性格特征；三是充当了贾家衰败和宝、黛、钗悲剧的见证人。

吴先生对以上几个陪衬人物的分析，使我们能领略到曹雪芹创作的匠心，这样的论述不仅有助于我们理解《红楼梦》的

---

① 《谈〈红楼梦〉里几个陪衬人物的安排》，《人民文学》1959年8月号。

艺术，而且也为小说创作指出了正确的途径。对于《红楼梦》研究来说，评论几个陪衬人物似乎是一个小题目，但我以为它的意义却不小，它实际上是提供了一个符合小说艺术规律的研究方法的范例。

以上所述，只是我个人对吴组缃先生的《红楼梦》研究观点、方法和成就的初步了解，恐怕远不足以概括吴先生在《红楼梦》研究方面的学术意义和历史贡献。

国家新闻出版广电总局

首届向全国推荐中华优秀传统文化普及图书

# 大家小书书目

| | |
|---|---|
| 国学救亡讲演录 | 章太炎 著 蒙 木 编 |
| 门外文谈 | 鲁 迅 著 |
| 经典常谈 | 朱自清 著 |
| 语言与文化 | 罗常培 著 |
| 习坎庸言校正 | 罗 庸 著 杜志勇 校注 |
| 鸭池十讲（增订本） | 罗 庸 著 杜志勇 编订 |
| 古代汉语常识 | 王 力 著 |
| 国学概论新编 | 谭正璧 编著 |
| 文言尺牍入门 | 谭正璧 著 |
| 日用交谊尺牍 | 谭正璧 著 |
| 敦煌学概论 | 姜亮夫 著 |
| 训诂简论 | 陆宗达 著 |
| 金石丛话 | 施蛰存 著 |
| 常识 | 周有光 著 叶 芳 编 |
| 文言津逮 | 张中行 著 |
| 经学常谈 | 屈守元 著 |
| 国学讲演录 | 程应镠 著 |
| 英语学习 | 李赋宁 著 |
| 中国字典史略 | 刘叶秋 著 |
| 语文修养 | 刘叶秋 著 |
| 笔祸史谈丛 | 黄 裳 著 |
| 古典目录学浅说 | 来新夏 著 |
| 闲谈写对联 | 白化文 著 |
| 汉字知识 | 郭锡良 著 |
| 怎样使用标点符号（增订本） | 苏培成 著 |
| 汉字构型学讲座 | 王 宁 著 |

| | |
|---|---|
| 诗境浅说 | 俞陛云　著 |
| 唐五代词境浅说 | 俞陛云　著 |
| 北宋词境浅说 | 俞陛云　著 |
| 南宋词境浅说 | 俞陛云　著 |
| 人间词话新注 | 王国维　著　滕咸惠　校注 |
| 苏辛词说 | 顾　随　著　陈　均　校 |
| 诗论 | 朱光潜　著 |
| 唐五代两宋词史稿 | 郑振铎　著 |
| 唐诗杂论 | 闻一多　著 |
| 诗词格律概要 | 王　力　著 |
| 唐宋词欣赏 | 夏承焘　著 |
| 槐屋古诗说 | 俞平伯　著 |
| 词学十讲 | 龙榆生　著 |
| 词曲概论 | 龙榆生　著 |
| 唐宋词格律 | 龙榆生　著 |
| 楚辞讲录 | 姜亮夫　著 |
| 读词偶记 | 詹安泰　著 |
| 中国古典诗歌讲稿 | 浦江清　著<br>浦汉明　彭书麟　整理 |
| 唐人绝句启蒙 | 李霁野　著 |
| 唐宋词启蒙 | 李霁野　著 |
| 唐诗研究 | 胡云翼　著 |
| 风诗心赏 | 萧涤非　著　萧光乾　萧海川　编 |
| 人民诗人杜甫 | 萧涤非　著　萧光乾　萧海川　编 |
| 唐宋词概说 | 吴世昌　著 |
| 宋词赏析 | 沈祖棻　著 |
| 唐人七绝诗浅释 | 沈祖棻　著 |
| 道教徒的诗人李白及其痛苦 | 李长之　著 |
| 英美现代诗谈 | 王佐良　著　董伯韬　编 |
| 闲坐说诗经 | 金性尧　著 |
| 陶渊明批评 | 萧望卿　著 |

古典诗文述略　吴小如　著

诗的魅力

——郑敏谈外国诗歌　郑　敏　著

新诗与传统　郑　敏　著

一诗一世界　邵燕祥　著

舒芜说诗　舒　芜　著

名篇词例选说　叶嘉莹　著

汉魏六朝诗简说　王运熙　著　董伯韬　编

唐诗纵横谈　周勋初　著

楚辞讲座　汤炳正　著

汤序波　汤文瑞　整理

好诗不厌百回读　袁行霈　著

山水有清音

——古代山水田园诗鉴要　葛晓音　著

红楼梦考证　胡　适　著

《水浒传》考证　胡　适　著

《水浒传》与中国社会　萨孟武　著

《西游记》与中国古代政治　萨孟武　著

《红楼梦》与中国旧家庭　萨孟武　著

《金瓶梅》人物　孟　超　著　张光宇　绘

水泊梁山英雄谱　孟　超　著　张光宇　绘

水浒五论　聂绀弩　著

《三国演义》试论　董每戡　著

《红楼梦》的艺术生命　吴组缃　著　刘勇强　编

《红楼梦》探源　吴世昌　著

《西游记》漫话　林　庚　著

史诗《红楼梦》　何其芳　著

王叔晖　图　蒙　木　编

细说红楼　周绍良　著

红楼小讲　周汝昌　著　周伦玲　整理

| | |
|---|---|
| 曹雪芹的故事 | 周汝昌 著 周伦玲 整理 |
| 古典小说漫稿 | 吴小如 著 |
| 三生石上旧精魂<br>——中国古代小说与宗教 | 白化文 著 |
| 《金瓶梅》十二讲 | 宁宗一 著 |
| 中国古典小说十五讲 | 宁宗一 著 |
| 古体小说论要 | 程毅中 著 |
| 近体小说论要 | 程毅中 著 |
| 《聊斋志异》面面观 | 马振方 著 |
| 《儒林外史》简说 | 何满子 著 |
| | |
| 我的杂学 | 周作人 著 张丽华 编 |
| 写作常谈 | 叶圣陶 著 |
| 中国骈文概论 | 瞿兑之 著 |
| 谈修养 | 朱光潜 著 |
| 给青年的十二封信 | 朱光潜 著 |
| 论雅俗共赏 | 朱自清 著 |
| 文学概论讲义 | 老 舍 著 |
| 中国文学史导论 | 罗 庸 著 杜志勇 辑校 |
| 给少男少女 | 李霁野 著 |
| 古典文学略述 | 王季思 著 王兆凯 编 |
| 古典戏曲略说 | 王季思 著 王兆凯 编 |
| 鲁迅批判 | 李长之 著 |
| 唐代进士行卷与文学 | 程千帆 著 |
| 说八股 | 启 功 张中行 金克木 著 |
| 译余偶拾 | 杨宪益 著 |
| 文学漫识 | 杨宪益 著 |
| 三国谈心录 | 金性尧 著 |
| 夜阑话韩柳 | 金性尧 著 |
| 漫谈西方文学 | 李赋宁 著 |
| 历代笔记概述 | 刘叶秋 著 |

周作人概观　　舒　芜　著
古代文学入门　　王运熙　著　董伯韬　编
有琴一张　　资中筠　著
中国文化与世界文化　　乐黛云　著
新文学小讲　　严家炎　著
回归，还是出发　　高尔泰　著
文学的阅读　　洪子诚　著
中国文学1949—1989　　洪子诚　著
鲁迅作品细读　　钱理群　著
中国戏曲　　么书仪　著
元曲十题　　么书仪　著
唐宋八大家
——古代散文的典范　　葛晓音　选译

辛亥革命亲历记　　吴玉章　著
中国历史讲话　　熊十力　著
中国史学入门　　顾颉刚　著　何启君　整理
秦汉的方士与儒生　　顾颉刚　著
三国史话　　吕思勉　著
史学要论　　李大钊　著
中国近代史　　蒋廷黻　著
民族与古代中国史　　傅斯年　著
五谷史话　　万国鼎　著　徐定懿　编
民族文话　　郑振铎　著
史料与史学　　翦伯赞　著
秦汉史九讲　　翦伯赞　著
唐代社会概略　　黄现璠　著
清史简述　　郑天挺　著
两汉社会生活概述　　谢国桢　著
中国文化与中国的兵　　雷海宗　著
元史讲座　　韩儒林　著

| | |
|---|---|
| 魏晋南北朝史稿 | 贺昌群　著 |
| 汉唐精神 | 贺昌群　著 |
| 海上丝路与文化交流 | 常任侠　著 |
| 中国史纲 | 张荫麟　著 |
| 两宋史纲 | 张荫麟　著 |
| 北宋政治改革家王安石 | 邓广铭　著 |
| 从紫禁城到故宫<br>——营建、艺术、史事 | 单士元　著 |
| 春秋史 | 童书业　著 |
| 明史简述 | 吴　晗　著 |
| 朱元璋传 | 吴　晗　著 |
| 明朝开国史 | 吴　晗　著 |
| 旧史新谈 | 吴　晗　著　习　之　编 |
| 史学遗产六讲 | 白寿彝　著 |
| 先秦思想讲话 | 杨向奎　著 |
| 司马迁之人格与风格 | 李长之　著 |
| 历史人物 | 郭沫若　著 |
| 屈原研究（增订本） | 郭沫若　著 |
| 考古寻根记 | 苏秉琦　著 |
| 舆地勾稽六十年 | 谭其骧　著 |
| 魏晋南北朝隋唐史 | 唐长孺　著 |
| 秦汉史略 | 何兹全　著 |
| 魏晋南北朝史略 | 何兹全　著 |
| 司马迁 | 季镇淮　著 |
| 唐王朝的崛起与兴盛 | 汪　篯　著 |
| 南北朝史话 | 程应镠　著 |
| 二千年间 | 胡　绳　著 |
| 论三国人物 | 方诗铭　著 |
| 辽代史话 | 陈　述　著 |
| 考古发现与中西文化交流 | 宿　白　著 |
| 清史三百年 | 戴　逸　著 |

| | |
|---|---|
| 清史寻踪 | 戴　逸　著 |
| 走出中国近代史 | 章开沅　著 |
| 中国古代政治文明讲略 | 张传玺　著 |
| 艺术、神话与祭祀 | 张光直　著<br>刘　静　乌鲁木加甫　译 |
| 中国古代衣食住行 | 许嘉璐　著 |
| 辽夏金元小史 | 邱树森　著 |
| 中国古代史学十讲 | 瞿林东　著 |
| 历代官制概述 | 瞿宣颖　著 |
| | |
| 宾虹论画 | 黄宾虹　著 |
| 中国绘画史 | 陈师曾　著 |
| 和青年朋友谈书法 | 沈尹默　著 |
| 中国画法研究 | 吕凤子　著 |
| 桥梁史话 | 茅以升　著 |
| 中国戏剧史讲座 | 周贻白　著 |
| 中国戏剧简史 | 董每戡　著 |
| 西洋戏剧简史 | 董每戡　著 |
| 俞平伯说昆曲 | 俞平伯　著　陈　均　编 |
| 新建筑与流派 | 童　寯　著 |
| 论园 | 童　寯　著 |
| 拙匠随笔 | 梁思成　著　林　洙　编 |
| 中国建筑艺术 | 梁思成　著　林　洙　编 |
| 沈从文讲文物 | 沈从文　著　王　风　编 |
| 中国画的艺术 | 徐悲鸿　著　马小起　编 |
| 中国绘画史纲 | 傅抱石　著 |
| 龙坡谈艺 | 台静农　著 |
| 中国舞蹈史话 | 常任侠　著 |
| 中国美术史谈 | 常任侠　著 |
| 说书与戏曲 | 金受申　著 |
| 世界美术名作二十讲 | 傅　雷　著 |

| | |
|---|---|
| 中国画论体系及其批评 | 李长之 著 |
| 金石书画漫谈 | 启 功 著 赵仁珪 编 |
| 吞山怀谷<br>——中国山水园林艺术 | 汪菊渊 著 |
| 故宫探微 | 朱家溍 著 |
| 中国古代音乐与舞蹈 | 阴法鲁 著 刘玉才 编 |
| 梓翁说园 | 陈从周 著 |
| 旧戏新谈 | 黄 裳 著 |
| 民间年画十讲 | 王树村 著 姜彦文 编 |
| 民间美术与民俗 | 王树村 著 姜彦文 编 |
| 长城史话 | 罗哲文 著 |
| 天工人巧<br>——中国古园林六讲 | 罗哲文 著 |
| 现代建筑奠基人 | 罗小未 著 |
| 世界桥梁趣谈 | 唐寰澄 著 |
| 如何欣赏一座桥 | 唐寰澄 著 |
| 桥梁的故事 | 唐寰澄 著 |
| 园林的意境 | 周维权 著 |
| 万方安和<br>——皇家园林的故事 | 周维权 著 |
| 乡土漫谈 | 陈志华 著 |
| 现代建筑的故事 | 吴焕加 著 |
| 中国古代建筑概说 | 傅熹年 著 |
| | |
| 简易哲学纲要 | 蔡元培 著 |
| 大学教育 | 蔡元培 著<br>北大元培学院 编 |
| 老子、孔子、墨子及其学派 | 梁启超 著 |
| 春秋战国思想史话 | 嵇文甫 著 |
| 晚明思想史论 | 嵇文甫 著 |
| 新人生论 | 冯友兰 著 |

中国哲学与未来世界哲学　冯友兰　著
谈美　朱光潜　著
谈美书简　朱光潜　著
中国古代心理学思想　潘　菽　著
新人生观　罗家伦　著
佛教基本知识　周叔迦　著
儒学述要　罗　庸　著　杜志勇　辑校
老子其人其书及其学派　詹剑峰　著
周易简要　李镜池　著　李铭建　编
希腊漫话　罗念生　著
佛教常识答问　赵朴初　著
维也纳学派哲学　洪　谦　著
大一统与儒家思想　杨向奎　著
孔子的故事　李长之　著
西洋哲学史　李长之　著
哲学讲话　艾思奇　著
中国文化六讲　何兹全　著
墨子与墨家　任继愈　著
中华慧命续千年　萧萐父　著
儒学十讲　汤一介　著
汉化佛教与佛寺　白化文　著
传统文化六讲　金开诚　著　金舒年　徐令缘　编
美是自由的象征　高尔泰　著
艺术的觉醒　高尔泰　著
中华文化片论　冯天瑜　著
儒者的智慧　郭齐勇　著

中国政治思想史　吕思勉　著
市政制度　张慰慈　著
政治学大纲　张慰慈　著
民俗与迷信　江绍原　著　陈泳超　整理

| | |
|---|---|
| 政治的学问 | 钱端升　著　钱元强　编 |
| 从古典经济学派到马克思 | 陈岱孙　著 |
| 乡土中国 | 费孝通　著 |
| 社会调查自白 | 费孝通　著 |
| 怎样做好律师 | 张思之　著　孙国栋　编 |
| 中西之交 | 陈乐民　著 |
| 律师与法治 | 江　平　著　孙国栋　编 |
| 中华法文化史镜鉴 | 张晋藩　著 |
| 新闻艺术（增订本） | 徐铸成　著 |
| 经济学常识 | 吴敬琏　著　马国川　编 |
| | |
| 中国化学史稿 | 张子高　编著 |
| 中国机械工程发明史 | 刘仙洲　著 |
| 天道与人文 | 竺可桢　著　施爱东　编 |
| 中国医学史略 | 范行准　著 |
| 优选法与统筹法平话 | 华罗庚　著 |
| 数学知识竞赛五讲 | 华罗庚　著 |
| 中国历史上的科学发明（插图本） | 钱伟长　著 |

# 出版说明

“大家小书”多是一代大家的经典著作，在还属于手抄的著述年代里，每个字都是经过作者精琢细磨之后所拣选的。为尊重作者写作习惯和遣词风格、尊重语言文字自身发展流变的规律，为读者提供一个可靠的版本，“大家小书”对于已经经典化的作品不进行现代汉语的规范化处理。

提请读者特别注意。

北京出版社